El Pintor de Salzburgo

Por

Charles Nodier

DE LOS TIPOS EN LITERATURA

La imitación es el objeto del arte propiamente dicho; la invención es el sello del genio.

Invención absoluta, tampoco, ciertamente, la hay. La invención más llena de atrevimiento y de originalidad, no es más que un conjunto de imitaciones escogidas. El hombre no compone nada de la nada; pero se eleva casi al nivel de la potencia creadora, cuando de una multitud de elementos dispersos forma una individualidad nueva y le dice: ¡Sé!

El escultor copia una figura de hombre; es el mismo hombre con las proporciones armoniosas de sus miembros, la ondulante flexibilidad de sus miembros, la elasticidad animada de sus carnes casi vivas a la vista: el escultor no ha hecho más que una academia.

Busca, compara, reúne, pone en relación en un orden posible, tan posible que parece verdadero, todas las partes de una organización perfecta, que respira la majestad soberana apenas humanizada por un resto de cólera y de desdén; entonces ya no es un escultor; ha hecho un Apolo, ha hecho un dios.

En el tiempo de Homero, ningún guerrero fue identificado con su Aquiles, o con su Ajax, o con su Diomedes, ni ningún rey con su Nestor; y, sin embargo, ese rey y esos guerreros, que no han existido jamás, son seres vivientes.

Si queréis reconocer por signos seguros en el poeta la invención y el genio, que son lo mismo, deteneos a examinar aquellos personajes que se han convertido en tipos en todas las literaturas y cuyos nombres propios hacen casi el efecto de sustantivos en todas las lenguas. Es que, en efecto, el nombre de una figura típica ya no es una etiqueta banal que se adosa al zócalo de un busto o a los plintos de un bajo relieve; es el signo representativo de una concepción, de una creación, de una idea. Aun hoy mismo, el título de héroe o de semidiós habla menos al pensamiento que el nombre de Aquiles.

En las edades secundarias, en que el movimiento progresivo de la civilización ha puesto en juego nuevos resortes y desarrollado nuevas combinaciones, el espíritu humano ha seguido dos caminos: el uno, ya trillado, que no conducía más que a la reproducción perpetua de los bellos tipos antiguos; el otro, innovador y temerario, en el que se aspira a apoderarse del carácter y de la fisonomía de los tipos modernos. Es quizás en la elección de estas direcciones donde se ha manifestado la división de las dos escuelas que se llaman clásica y romántica, bien que al principio las dos hayan también sido románticas y hayan de convertirse en resultado tan clásica la una como la otra.

En los pueblos de segunda formación, cuanto más se ha pensado la educación sobre la tradición de los pueblos antiguos, más se ha prevalecido el espíritu de imitación. Si se exceptúa esa galería fantástica de Dante, en que los tipos más sorprendentes y más extraordinarios están amontonados con una profusión espantosa, como en el Juicio Final de Miguel Angel, los italianos han sido raramente creadores. En cambio, Shakespeare es tan rico en tipos como Homero, y ha recorrido todos los grados de la escala de la imaginación, desde el natural más positivo hasta la más delirante fantasía. La petulancia caballeresca, la fogosidad de las costumbres y la agudez del lenguaje del italiano Mercucio, no tienen más verdad que la ferocidad sensible y la heroica ingenuidad de Otelo, ni más individual que el vaporoso infantilismo de Puck y la grosera brutalidad de Caliban. Pero Shakespeare sabía personificarlo todo, incluso el genio, las pasiones, los errores, las vagas inquietudes y la enfermedad naciente de una sociedad que se despierta con los gérmenes de la muerte en el seno. La sublime figura de Hamlet, que no será nunca bastante apreciada, es un prototipo completo de la Edad Media. Los alemanes, a quienes una propensión orgánica al misticismo arrastra siempre hacia la espiritualidad, eran menos aptos a comprender y a fijar las imágenes de la vida social en sus realidades absolutas. El impulso de un psiquismo soñador les lleva hacia un mundo más ideal, y cuando descubren un tipo sensible, es más pronto por el privilegio de la previsión que por el de la percepción, y más en el porvenir que en el presente. El hombre, tal como es, desaparece para ellos ante el hombre que será o ante el hombre como debería ser. Estacionarios en las costumbres, porque han colocado su vida moral en otra región, marchan como precursores a la cabeza de las ideas. Así, en Los bandidos, obra maestra de Schiller, cuyo mismo autor apenas si concebía el alcance, hay un sumario poético de las próximas revoluciones. Así en la pintura de esa sensibilidad soñadora, irritable y apasionada de Werther, que acaba por verse obligado a reaccionar sobre sí mismo, Goethe ha revelado el misterio. Si pudieseis encerrar esos dos tipos en un círculo trazado a compás, no habría necesidad de conservar otros monumentos de nuestra historia contemporánea, porque en ellos se encuentra toda.

Ya he dicho que el genio del escritor se reconoce sobre todo por la creación de tipos y que ningún carácter de invención se convierte en tipo si no presenta esa expresión de individualidad original, pero asequible, que la hace familiar a todo el mundo. ¿Quién de vosotros no conoce a Don Quijote y a Sancho? ¿quién no se complacerá en creerlos trotando juntos, el uno sobre Rocinante, el otro sobre su rucio, por las llanuras de la Mancha? ¿quién, encontrándose en España, no abandonará a costa de grandes molestias, los animados corros de la Rambla o las voluptuosidades del Prado para ir a buscar el inmortal espíritu de los dos héroes a alguna posada? En una de esas guerras imperiales que tenían por objeto dar a España un soberano a hechura de nuestro señor, los franceses, hostigados por los guerrilleros, se vengaban, según el uso inmemorial de los héroes, recorriendo el país a la claridad del incendio. De pronto llegan a una población que seguirá la suerte de las otras, cuando a alguien se le ocurre preguntar su nombre: es Toboso. Una carcajada simpática y cordial se eleva en todas partes; las armas caen de las manos del vencedor y los afortunados compatriotas de Dulcinea escapan a la carnicería, bajo la protección del genio de Cervantes.

Con frecuencia se ha negado a los franceses el genio de invención. Y, sin embargo, ningún pueblo los ha poseído en el mismo grado ni ha sido más variado en la creación de sus tipos; lo que le ha faltado es la libertad literaria que se le disputa, desde que posee una literatura, en nombre de Aristóteles, en nombre de la Sorbona, en nombre de la Universidad, en nombre de la Academia, y que, en los días de emancipación universal a que hemos llegado, se le negará probablemente en nombre de la universidad. Yo no sé por qué el genio en Francia me recuerda siempre la fábula de Gulliver y de Liliput. Si él aparece, se le huye; si se duerme, se le montan encima, y cuando despierta, se encuentra agarrotado por los enanos.

Lo que hay de cierto, es que este espíritu de creación nos era propio. Nuestro viejo Pathelin es un tipo inmortal y, como tantos otros, confirma mi regla; se ha convertido en substantivo. Rabelais es el inventor de tipos más fecundo que haya existido. Después de él, no se ha hecho más que espigar. Son los Panurgo, los Hermanos Juan, los Rominagrobis, Picrochole, Bridoie, Janotus de Bragmardo; personajes esencialmente verdaderos, los que pasan cada día al alcance de nuestra mano, pero que sólo Rabelais ha sabido sorprender. Para encontrar un genio gemelo suyo hay que remontarse a Molière. Todo el mundo conoce a Tartufo; todo el mundo, o, poco menos, ha tenido tratos con Harpagón. En cuanto al Misántropo, ya es otra cosa. Para él se ha servido de moldes blandos, estropeados, indescifrables. Molière se ha colocado en medio de esta sociedad insignificante, sin originalidad, sin relieve, sin caracteres salientes en que poder apoyarse, y, sin embargo, él la ha sorprendido, se ha apoderado de ella y la ha arrojado en el molde inmortal de sus invenciones, ha hecho un tipo de ella. Si la bella y altanera organización de Corneille no hubiera sido miserablemente sometida por la Academia de su tiempo a las dimensiones de este hecho de Procusto, sobre el cual debían ser torturados a su vez todos los genios de Francia, nos hubiera dejado más tipos, porque la naturaleza le había dotado en el más alto grado de la potencia creadora. Pero, ¿qué hacer, ¡gran Dios!, cuando se tiene a Richelieu por enemigo, a Scudery por adversario y a Chapelain por juez? No obstante, los tipos que él ha creado tienen la huella de una especialidad tan íntima, que ni siquiera la imitación se atreve a desflorarlos. Poliuto y Nicomedes son figuras vírgenes. Admitiendo la hipótesis que yo he abrazado, se comprenderá fácilmente que Racine, aún más sometido que Corneille a las exigencias académicas, y para colmo de desgracias obligado a ser cortesano, haya producido menos tipos sorprendentes cuya expresión viva y original representa, con toda la exactitud de una cifra, el valor real del poeta. Ha sido preciso que prescindiese un día, por la elección del asunto, de las tradiciones rutinarias de la antigüedad y de la perniciosa influencia de los grandes señores, para que se atreviese a trazar el carácter de Acomato y el de Roxana. Ahí únicamente se ha mostrado como era, capaz de novedades atrevidas y de sublimes invenciones; el resto no es más que un reflejo deslumbrador de los trágicos griegos y de los líricos sagrados.

Después viene Voltaire, que él mismo constituía un tipo. Cortesano asiduo de los poderes que acababan y de los que comenzaban, clásico revolucionario y romántico meticuloso, uno de esos genios inquietos, pero indecisos, que sirven de eje a las revoluciones del mundo, sabía romper las cadenas, pero arrastraba los andadores. Sus personajes son casi siempre calcos en los que apenas se encuentran las líneas de una fisonomía humana. Desde Orosmane, que es una imitación amanerada de Otelo, hasta Pangloss, que es una contraprueba borrosa de Panurgo, no ha hecho mover una imagen verdadera, una imagen típica de hombre. Se creería que se había impuesto la tarea de disfrazarla, de parodiarla. Sus güebros no son tales güebros, sus escitas no son escitas, sus musulmanes no son musulmanes, sus americanos no son americanos. Son comparsas del club de Holbach que recitan en versos alejandrinos fragmentos de filosofía rimada. El tipo de Mahomet era uno de los que estaban por hacer; él lo ha intentado y ha fracasado; y es, no obstante, en esta obra, donde él ha probado por una vez que no carecía del espíritu de invención. Seide es un tipo y se ha convertido, como todos saben, en un substantivo: ésta es una piedra de toque infalible.

Si el genio tiene un marco adecuado para la creación de tipos, es primeramente el drama y después la novela. Teniendo esto en cuenta, es fácil calcular cuán limitado es el número de los escritores de genio, relativamente a la masa innumerable de los escritores de profesión, y aun relativamente a la selección, también muy restringida, de los escritores de talento. La novela, género esencialmente moderno, se ha, en efecto, multiplicado de día en día, desde hace tres siglos, en una progresión siempre creciente y tan infinita que escapa ya a las dimensiones de las bibliografías especiales. No obstante, podrían contenerse en muy pocas líneas los títulos de todas las novelas que, después de las inmortales obras maestras de Cervantes y de Rabelais, contienen tipos verdaderos, originales y bien caracterizados, y merecen un puesto en esta categoría. Nadie se atreverá, sin duda, a negar a Lesage un espíritu sutil, fino, creador, lleno de agilidad en la forma y de aptitud en la observación, animado de una alegría verbosa y comunicativa y de rasgos adústicos y graciosos; pero no ha puesto ni un solo tipo en la circulación de las creaciones literarias. Gil Blas es un personaje convencional colocado con una rara habilidad en una fábula ingeniosa, pero no es una individualidad arrebatada de una pieza a la cantera de la naturaleza. Crebillon, hijo, y Marivaux eran también observadores, pero cuyo tacto minucioso se sujetaba a maravilla a las mezquinas proporciones de una sociedad de pigmeos. Se creería que se dedicaron a aplicar a las costumbres de su tiempo el estudio de lo infinitamente pequeño. El microscopio más eficaz en perseguir la materia en sus últimas divisiones no os hará descubrir un solo tipo; sólo encontraréis átomos. El genio absolutamente idealista de Rousseau le ha hecho incurrir en el extremo contrario. Acostumbrado a vivir en el mundo conjetural que se había forjado, estaba demasiado alejado del otro para discernir un solo tipo distinto. Nadie ha penetrado más profundamente en el pensamiento ni nadie ha desflorado más superficialmente al hombre. El no tenía esa mirada universal del águila que le permite a la vez mirar frente a frente el sol y divisar al insecto oculto bajo la hierba: no sabía leer más que en los cielos. No obstante, a fuerza de elevación y de poder, conseguirá alguna vez hacer compartir la ilusión que se hace a sí mismo; pero no hay que engañarse: es una ilusión. Los tipos que se esfuerza en imaginar no son solamente defectuosos e incorrectos, son falsos. No son tipos, son fichas especiales cuyo valor ficticio queda aniquilado a la primera prueba del ensayador. Hay cien veces menos realidad moral en los caracteres de Saint-Preux, de Julia y de Volmar, que en los del Ogro y Pulgarcito.

Dejadle que se extravíe en la vaga altura de sus concepciones con algunos espíritus especulativos que no tienen contacto con nuestra naturaleza más que por un pequeño número de puntos, y que han rechazado, con el pretexto de una perfección imaginaria, las simpatías íntimas de su propia especie. El tipo de una perfecta organización de joven, pero ingenua y verdadera en su perfección, de una inocencia instintiva, de un pudor heroico, ese tipo, revestido de la más celeste idealidad, es a Bernardino de Saint-Pierre a quien estaba reservado producirlo; es la deliciosa y conmovedora figura de Virginia, concepción fresca, pura, inimitable, que su ingenuidad y su candor han hecho popular, aunque ella emane de lo alto, aunque su gracia angélica pareciera participar menos de las invenciones de un poeta que de las revelaciones de un dios.

El nombre de Saint-Pierre recuerda siempre el del más ilustre prosista de nuestros tiempos, el de Chateaubriand, y cuando se pasa revista a los tipos en literatura, no es permitido olvidar a René, imponente y magnífica creación, en la cual el genio ha depositado el secreto de nuestra civilización expirante. He dicho antes que la historia anticipada de las revoluciones próximas a desbordarse sobre Europa estaba enteramente contenida en Carlos Moor y en Werther. René contiene, como una profecía amarga y terrible, la historia de las sociedades extinguidas. A la primera impresión no ofrece más que rasgos graves, solemnes, místicos y de una vaguedad en la que el pensamiento se anonada, pero tienen huella del dedo todopoderoso que trazó sobre las paredes del palacio de Baltasar la sentencia de una monarquía, y, cosa maravillosa, permanecerán largo tiempo ininteligibles, tanto a los sabios como a los grandes de la tierra. Será necesario, para penetrar el formidable enigma, que los reyes despierten, de la pompa de sus fiestas y de la embriaguez de sus festines, al ruido de los tronos destrozados y al crujido del cristianismo que se derrumba.

En Francia cuando no se tienen los brazos bastante largos para abrazar una idea nueva en toda su intensidad, no se renuncia por ello a la pretensión de someterla y de apropiársela, y, para conseguirlo, hay un medio seguro y cómodo que no falta nunca a la crítica: el de reducir las dimensiones en una proporción análoga a las facultades que la juzgan y empequeñecerla progresivamente hasta que entra en la medida común. Así se ha querido ver en René una imitación de Werther, y es muy posible que no se vea esto más que cuando se es corto de vista. En general, mi opinión es que no deben ser comparadas las obras maestras. Las producciones del espíritu tienen su individualidad como los hombres, y las que carecen de esta individualidad no vale la pena de ocuparse en ellas. Entonces entran en los dominios de la mediocridad, donde la comparación es fácil porque ya no se encuentran tipos; pero, Werther y René, que son tipos arcanos, son, no obstante, tipos distintos. El de Werther es la expresión de los trastornos de un alma que no puede bastarse a sí misma; el de René es la expresión de las angustias de un alma que lo ha abarcado todo y que siente que todo se de escapa porque todo acaba. Es la ansiedad mortal, la duda inexorable, es la inconsolable desesperación de una agonía sin porvenir, es el grito espantoso de la creación social en el momento de disolverse. En Werther hay la emoción profunda de algunas generaciones dolientes; en René la última convulsión de un mundo que muere.

Los ingleses, cuya fisonomía moral es más variada que la nuestra, han podido, más que nosotros, multiplicar sus tipos en literatura. En Fielding son ingeniosos y sorprendentes, en Richardson ingenuos y sublimes. Walter Scott, cuyas fábulas demasiado difusas, los asuntos principales subordinados con frecuencia a los accesorios y los desenlaces demasiado precipitados, no llenan siempre exactamente las condiciones de una composición bien entendida, debe probablemente la popularidad de su genio a la abundancia y a la popularidad de sus tipos. Es verdad que un cierto número de ellos pertenece a una naturaleza fantástica, donde la imaginación se mueve con mayor desembarazo, porque dispone entonces de una creación que le pertenece por derecho propio, y que no reconoce por regla más que la potencia mágica que la crea; pero sería injusto sacar de ello la conclusión de que esos tipos carecen del grado de verdad relativa que es el carácter esencial de lo bello en las obras de los hombres. Poco importa el carácter ideal o positivo en el cual el autor coloca sus personajes, puesto que les da un sello de identidad que siempre puede reconocerse. Es evidentemente en virtud de una ficción muy inverosímil y de una alucinación muy amplia, que nosotros atribuimos a los animales nuestras costumbres y nuestras pasiones, y, sin embargo, La Fontaine es más rico él solo en tipos de una sorprendente realidad que todos los demás poetas juntos. Las gentes sensatas no creen en el diablo ni en las brujas, y todo el mundo conviene, sin embargo, en que Fausto y Mefistófeles son tipos admirables.

En mi opinión, pues, sólo el genio es capaz de inventar tipos, y la imitación más hábil no conseguirá apropiárselos. La contraprueba de un tipo se hace ella misma traición por los esfuerzos que hace para sustraerse a la comparación, y sus esfuerzos son tanto más torpes, por cuanto no pueden producir nada verosímil alterando una naturaleza verdadera. Vale más encerrarse entonces en las atribuciones modestas del traductor y del copista, destino literario que no tiene en sí nada absolutamente de humillante, porque hay cien mil copistas por cada inventor. Una traducción espiritual, una imitación bien hecha, un arreglo hábil, aunque no sean obras de genio, no dejan de ser obras de buen gusto y de talento; y después, si no satisface este lote, que es el patrimonio de todos los hombres distinguidos, si se encuentran estrechas las filas sobre las cuales se elevan unos pocos genios dotados del más raro de los privilegios, si se está provisto de una de esas presunciones robustas que consideran usurpadas todas las glorias cuyas alturas no logran alcanzar, hay un recurso aún, ejemplo Aristóteles, La Harpe y Marmontel; se puede clamar contra la barbarie y la estupidez al borde del camino de los triunfadores; y queda aún el medio de refugiarse, como Aquiles, en su tienda, en los honores de la Academia: esto es un gran consuelo.

EL PINTOR DE SALZBURGO

DIARIO DE LAS EMOCIONES DE UN CORAZÓN

DOLORIDO

1803

25 de agosto.

Sí, todos los acontecimientos de la vida están en relación con las fuerzas del hombre, porque mi corazón no se ha roto aún.

Yo me pregunto aún si no es alguna pesadilla la que me ha traído esta blasfemia:—¡Eulalia esposa de otro!—Y miro a mi alrededor para asegurarme si estoy despierto; y me desespero cuando encuentro la naturaleza en el mismo estado que antes. Valdría más que mi razón se hubiese extraviado. Algunas veces querría también reposar en mi valor, pero he aquí que viene de pronto esa noticia increíble que aun resuena en mis oídos y que se apodera de mí con las angustias de la muerte.

Yo he contado muchos infortunios; ¡pero éste es demasiado amargo! Desterrado de Baviera como un miserable faccioso, proscrito y fugitivo, errante por espacio de dos años desde las riberas del Danubio a las montañas de Escocia, me lo habían robado todo, la patria y el honor. ¡Pero me quedaba Eulalia! y este recuerdo inefable encantaba mi miseria y acompañaba mi soledad. Yo era dichoso por el porvenir y por ella.

Ayer mismo, palpitante de deseo, de impaciencia, de amor, aun creía... ¡y hoy!...

26 de agosto.

Hay una idea que oprime mi corazón, una idea dolorosa y mortal.

¿En qué consiste que nuestras impresiones más profundas sean una cosa tan incierta, tan yaga, que el transcurso de algunos meses, de algunos días, de un instante casi indiscutible, las borra? ¿Cuál es la naturaleza de este sentimiento, tan violento en su embriaguez, tan rápido en su duración, que aspira a sojuzgar el porvenir y que un año devora? ¿Será verdad que los afectos del hombre no son más que un arenal invertido que deja escapar poco a poco todo su contenido? ¿Y será preciso que muramos en todas partes donde hemos vivido—allí mismo donde encontrábamos tanta dulzura en inmortalizarnos—en el corazón de los que nos aman?

¡Oh! ¡cuán sabia fue la Providencia al asignar una carrera tan corta a los viajeros de la vida! Si hubiera sido más pródiga y si el tiempo nos hubiera traído más lentamente la hora de nuestra destrucción, ¿qué hombre hubiera podido envanecerse de arrastrar consigo algunos recuerdos de la juventud? Después de haber errado en un círculo sin fin de sensaciones siempre nuevas, llegaría, solo, a la tumba y, lanzando una mirada apagada sobre la escena oscura y confusa del pasado, buscaría inútilmente una de las emociones de sus primeros años: lo habría olvidado todo, ¡todo! hasta el primer beso de su amada, hasta los cabellos blancos de su padre.

Pero, si el vulgo emplea sus días en esas miserables irresoluciones, me parecía, por lo menos, que era dable a ciertas almas eternizar sus sentimientos. Una vez creí haber encontrado esa alma semejante a la mía y le confié mi dicha. ¿Quién podría repetir el encanto de esas horas de embriaguez en que, recostado sobre el seno de Eulalia, respirando su aliento, atento al menor latido de su corazón y en que todas mis facultades se abismaban en una sola de sus miradas? ¡Y, no obstante, me ha engañado! y cuando, al estrecharla en los tristes abrazos de una larga despedida, le pedí el título de esposo, me lo concedió ante el padre de todo amor. ¿Qué derecho me ha arrebatado? ¿por qué me ha reducido a este estado de anonadamiento?

Me han olvidado todos, porque si alguna voz amiga hubiera hecho vibrar mi nombre en medio del solemne perjurio...—Pero me han olvidado todos y nadie le ha dicho—: ¡Tiembla, Eulalia, Dios te ve!—Me han olvidado todos y la traición se ha consumado.

28 de agosto.

Esta tarde caminaba al azar, y no sé cómo ha sido, he sentido un peso que me oprimía, una nube que turbaba mi vista, un fuego que recorría toda mi sangre, y me he sentado. Un instante después he levantado la vista y he reconocido en la casa que tenía enfrente la mansión de Eulalia. En su habitación había luz. Eulalia ha llegado y se ha detenido detrás del balcón en una contemplación silenciosa. Ella sufría, porque ha mirado al cielo. Su pecho parecía hinchado, sus cabellos en desorden; se ha llevado la mano a la frente, que sin duda ardía. En seguida se ha retirado sin haber advertido mi presencia, y yo he visto su sombra crecer sobre la pared y luego confundirse con las demás sombras. Yo he querido hablar, pero mi voz se ha negado a obedecerme y he permanecido mudo como el viajero nocturno que se encuentra con una aparición.

Después, me he aproximado a aquel balcón y me he visto inundado de la claridad que de él descendía. Pero no he podido resistir tantas agitaciones, y he reanudado tristemente mi camino, y cuando he llegado a mi casa mis piernas han flaqueado; me he dejado caer por tierra y he regado el suelo con mis lágrimas.

29 de agosto.

Todo conspira a mi desesperación. Al atravesar por esos campos he visto, delante de mi linda quinta, una mujer limpiamente vestida y, antes de que hubiese podido distinguir sus facciones, se ha arrojado en mis brazos y ha regado mis mejillas con sus lágrimas. «¿No me reconoce usted?—me ha dicho al verme vacilar—; soy yo, soy aquella a quien la desesperación había impulsado al suicidio y que usted salvó con peligro de su vida; soy yo, a quien usted ha colmado de beneficios, a quien usted ha arrancado a la miseria, a quien usted ha devuelto la dicha; es a usted a quien debo la vida, y mi esposo querido, y mis hijos amados, y quiero...» Ella quería que viese a sus hijos. «Basta, basta—le he dicho, oprimiendo su mano contra mi corazón—. Usted no sabe si soy bastante fuerte para resistir todo eso.» «¿Y aquella señora joven?—ha añadido misteriosamente—; que el cielo os sea propicio a los dos! ¡Tan hermosa y con un alma tan grande! ¡Oh! ¡Con cuántas alegrías debe embellecer ahora su existencia!» A estas palabras yo he vuelto el rostro, estremeciéndome de dolor y de indignación; y ella ha creído... «¡Sí, muerta, muerta, perdida para siempre!», y la he abandonado al error de sus lamentaciones.

Al regresar aquí he sabido que Eulalia había partido hoy para el campo. ¿Es que acaso sabía...? ¡Oh! yo partiré, yo también quiero partir; y mil veces he dirigido el cuchillo contra mi pecho, y mil veces he pedido a Dios la muerte y el aniquilamiento, porque si mi alma había de sobrevivir y recordar todo lo que ha vivido, era preferible no morir. Pero yo no volvería, quizá, tal como soy —; y, además, necesitaría algún tiempo para adaptarme a una nueva vida.

Vale la pena de meditar.

2 de septiembre.

El día ha sido tranquilo, el cielo puro y transparente, pero, en el momento en que el sol descendía en su pompa occidental, el horizonte ha quedado de pronto envuelto en nubes, como un cinturón, y poco a poco gigantescas tinieblas han devorado la luz del crepúsculo.

Así, me he dicho, he comenzado en una aurora dulce y brillante, y así voy a acabar como este día en las tristezas de una tarde nebulosa. A esta idea, me he representado, con extraordinario vigor, las sensaciones nuevas de mis primeros años; he rebuscado en mi memoria los jóvenes deseos, las esperanzas ingenuas de un alma virgen, y me he mecido en estos recuerdos.

Mientras tanto, frecuentes relámpagos recorrían la atmósfera y abrían en las nubes despedazadas deslumbrantes caminos y vastos pórticos de fuego. El relámpago se deslizaba sobre las bóvedas de la noche como una espada flamígera y, a la luz pasajera, se veían de cuando en cuando algunas sombras siniestras descender sobre el valle, parecidas a esos espíritus vengadores que son enviados sobre las alas de la tempestad para atemorizar a los niños y a los hombres. Los vientos se estremecían en los bosques o gruñían en los abismos, y en voz impetuosa se confundían en las profundidades de la montaña, con el sonido grave del toque a rebato, el tumulto de la cascada y el estruendo del trueno. Y en el silencio mismo que sucedía, triste y terrible, a esas armonías imponentes, se distinguían ruidos extraños y conciertos misteriosos, como los que deben elevarse en las solemnidades del cielo. En estos trastornos que desolan la creación, hay un bálsamo para las heridas del corazón, porque nuestras aflicciones son absorbidas por aflicciones tan augustas, y nuestra compasión se ve obligada a repartirse entre otras almas. A veces, por ejemplo, me identifico con esa naturaleza doliente y la abrazo entera a mi piedad. He intentado mantenerme en este estado, pero como no tengo con quien compartir el sufrimiento a mi lado, no he tardado en recabar toda mi piedad para mí solo.

3 de septiembre.

Con frecuencia he deseado volver a ver ese monasterio abandonado, en cuyos claustros silenciosos tantas conmovedoras inspiraciones había recibido.

Me acordaba de haber paseado con Eulalia por entre sus ruinas confusas y sus construcciones descalabradas, y, al advertir en lo alto de la colina la elevada flecha de la iglesia, atrevidamente lanzada al aire, me estremecí de alegría, como a la vista de un amigo. Pero, y esto lo observé con dolor, habían reparado las brechas del muro y podado las hayas. El desastre de los claustros demolidos y la energía de una vegetación libre y salvaje, me habían producido sensaciones de grandeza distintas. Así y todo, como aquel recinto había albergado mi pensamiento, cuando llegué al antiguo vestíbulo, cuando oí el ruido de mis pasos resonando en los ecos de las capillas y del santuario y cuando las puertas trémulas crujieron girando con dificultad sobre sus goznes, con el corazón tan oprimido y con los ojos llenos de lágrimas, amargas y voluptuosas a la vez, atravesé los corredores resonantes y los patios devastados para llegar al pie de la escalinata de la terraza. De en medio de la gradería rota surgían los cilindros aterciopelados del gordolobo, las cúpulas de las campánulas, manojos de arabeta, matas de quelidonia dorada y las mortíferas flores del beleño. Me he apoyado contra una columna, la única que, como el noble huérfano de una familia desgraciada, ha quedado de pie; cerca de mí había un gran olmo, cuya copa, calcinada por el sol, destacaba apenas de entre las ruinas.

Yo me he dicho: «¿Por qué mi propio genio no es más que una ruina? ¿Por qué la naturaleza, que yo encontraba tan hermosa, se ha marchitado con el tiempo? ¿Por qué no poseo ya ese poder creador, esa delicadeza exquisita, esa flor de sentimiento que inspiraban mis primeras obras? Ahora mis lápices son fríos, mis telas inanimadas, y mi alma se ha extinguido en los dolores. Si algunas veces se me presenta una idea fuerte y magnífica, es inútil que trate de retenerla. Bien pronto mi sangre fermenta, y no la encuentro más que a través de dolores extravagantes; o bien me canso de semejante tensión y entonces se esfuma y palidece bajo mis pinceles; es, quizá, que la imagen de Eulalia tiene demasiada fuerza en mi cerebro y esto me distrae.

Mientras tanto me he aproximado al antiguo cementerio de los monjes, y he visto una mujer que dibujaba, sentada sobre una tumba. Ha dirigido sus ojos hacia mí, y cuando se han encontrado con los míos, he quedado deslumbrado, como si un meteoro hubiese pasado ante mi vista, y he caído de rodillas. Entonces Eulalia, porque era ella, ha avanzado hacia mí, se ha apoderado de una de mis manos trémulas, y me ha dirigido palabras de consuelo. Cuando he vuelto en mí y he podido darme cuenta de este acontecimiento, cuando he reflexionado sobre la siniestra casualidad que nos había preparado una entrevista al pie de un sepulcro, cuando he previsto todo lo que nuestra conversación había de tener de penoso y la magnitud de las nuevas impresiones que debían atormentar mi corazón, he deseado que un abismo se abriese a nuestros pies y nos enterrase a los dos juntos. «¡Usted aquí!», he dicho al fin. «Sí—ha respondido—, en estos lugares llenos de usted y entre mis recuerdos dichosos es donde quisiera vivir siempre, y este pensamiento es el que ha encaminado hoy mis pasos hacia aquí.»

Mientras tanto, me había sentado a su lado, abandonándome a todas mis lamentaciones, deshaciéndome en improperios contra el destino y contra ella misma; le he recordado el día de mi destierro, la hora funesta de nuestra separación y los juramentos violados por ella; ¡juramentos sellados con tantos besos y lágrimas! He llorado otra vez con mucha amargura, y los sollozos que me sofocaban me han impedido continuar.

«—Hágase la voluntad de Dios—ha seguido Eulalia—, pero que El no permita que pueda usted condenarme sin oírme. ¡Si usted supiera lo que he sufrido yo! ¿Me vio usted cuando con los ojos llenos de lágrimas espiaba sus últimos pasos cuando usted marchó al destierro? ¿Presenció usted las largas veladas que pasé ocupada en gemir y en pensar en usted? ¿Me vio usted, en fin —¡y por qué no moriría aquel día! Yo creía, esperaba morir, porque no pensaba que el débil corazón de una mujer pudiese contener tantos dolores...— Diga usted, ¿me vio usted pronta a expirar de desesperación a la noticia de su muerte?»

A esta palabra, que me hería por primera vez, suspiré; sólo el pensamiento de que hubiese podido morir llevándome su amor y llorado por ella, me ofrecía encantos sin cuento y me inspiraba deseos. Ella continuó:

«—El señor Spronck llegó a Salzburgo procedente de Carintia y nos fue presentado. Fue agradable a mi madre y yo misma le encontré no sé qué de usted, tanto en su aspecto como en su carácter y, sobre todo, esa huella de melancolía que demuestra que un alma tiene penas ocultas. Efectivamente, había experimentado grandes disgustos. El interés que me inspiró, también lo hubiera obtenido de usted. ¿Verdad que es imposible negar una tierna piedad a la desgracia?

»Ya sabe usted, Carlos, que durante su ausencia he perdido a mi madre. Cuando vio que se aproximaba el instante fatal, nos llamó a los dos a su lado; después me miró, y una nube de inquietud pareció empañar el brillo de sus ojos. Luego, nos envolvió en una misma mirada a los dos, colocó una mano de Spronck en la mía, y la expresión de una voluntad irresistible se detuvo sobre sus labios expirantes; después pasó tan dulcemente desde esta vida a la eternidad, que se hubiera creído que dormía si nuestro dolor no hubiese atestiguado que ya no existía. Ya ve usted cómo, por una deplorable herencia del infortunio y de la muerte, me he casado con otro; de modo que si le he hecho traición ha sido por obedecer la voz de la naturaleza y de la tumba; y lo que todas las potencias del mundo no me hubieran obligado a hacer, lo ha obtenido la última mirada de mi madre.»

Acabado este relato, se volvió hacia mí con una dulce compasión, y me dijo:

«—Carlos, henos aquí como dos viajeros del desierto que después de haber soñado en la patria, reanudan su largo camino a través de los arenales. Todo se ha desvanecido, pero tenga usted valor, Carlos, y esté seguro de que mi amistad le seguirá a todas partes.»

Pronunciando estas palabras se escapó, desapareciendo a favor de las tinieblas que descendían sobre el monasterio. Quise seguirla para verla una vez más, pero, lo que creí el ruido de sus pasos, era el rumor de un sauce llorón que gemía entre sus espesas ramas y su cabellera melancólica. Después repetí estas palabras: su amistad me seguirá, ¡y con qué dulzura las he repetido hasta aquí! Esta idea serenaba mis sentidos, embalsamaba el aire y arrojaba sobre toda la naturaleza un encanto indefinible que tenía algo de encantamiento. Me he considerado más dichoso. ¿Por qué? Yo estaba ávido de afectos; ¡y Dios sabe con qué quimeras he llenado a veces el vacío de mi corazón!

4 de septiembre.

¡Su amistad! ¿Hasta qué punto me bastará tal sentimiento? ésta es la cuestión. ¿Qué puede haber de común entre una sociedad fría y austera, que no goza más que de alegrías serias y placeres acompasados, y esta unión, llena de embriaguez y de voluptuosidades, en la que dos seres predestinados vienen a confundir toda su existencia? ¿entre ese alimento de algunas almas miserables y el fuego puro y regenerador que devora la vida y la reproduce? ¡La amistad! ¡y qué! al niño testarudo que pide el objeto que se le ha sustraído, se le arroja cualquier chuchería para distraerlo.

A los veintitrés años estoy cruelmente desengañado de todas las cosas de la tierra y siento un profundo desdén por el mundo y por mí mismo, porque he visto que en la naturaleza no hay más que aflicción y que en el corazón del hombre sólo mora la amargura. Llega, lanza sobre lo que le rodea una mirada inexperimentada, y en inmenso afecto abraza ávidamente a todas las criaturas. Se cree, por sí solo, capaz de animar otro universo, mientras que marcha, ¡ay! en medio de un mundo muerto y prodiga inútilmente sus jornadas fugitivas y su amor inconsiderado. Bien pronto observa, oye, juzga; poco después su imaginación se extingue, sus ilusiones se marchitan, su esfera de acción se limita, lo mismo que sus relaciones, hasta el instante en que una experiencia dolorosa brilla a sus ojos, como una antorcha encendida sobre las tumbas, y acaba de iluminarle sobre su insignificancia. En fin, después no encuentra más que almas sordas y refractarias; la amistad le olvida, el amor le hace traición, la sociedad le rechaza; se da cuenta de que todos los lazos están a punto de romperse: se rompen en efecto; ¡y, dichoso él si también cede a esta hecatombe! Desde entonces no veo más que egoístas que han conseguido insensibilizar su corazón y entusiastas que lo agotan en quimeras.

Dar vueltas en un océano de inquietudes y de dolores y cuando se comienza apenas a descansar de tantas emociones violentas, cuando las apreciaciones exageradas comienzan apenas a ser rectificadas, ¡he aquí que viene la muerte, colérica e inesperada, que os estrecha entre sus brazos inflexibles y os aniquila en el silencio de la tumba!...

6 de septiembre.

¡Otro doloroso recuerdo! Esta tarde me he encontrado, a orillas del río, ante el ángulo de un bastión medio derruido, al pie del cual descansábamos de nuestros paseos en las hermosas tardes de verano. El tapiz de musgo, que tantas veces nos había servido de asiento, conserva su frescura: la ruina amenazadora que lo domina, aun permanece en pie; yo había pensado algunas veces que podía enterrarme en su caída, y he aquí que ha sobrevivido al amor inmortal que ella me había jurado, a la inmortal felicidad que yo me había prometido. Allí, pocos días antes de mi partida, siguiendo con los ojos el movimiento de la onda y transportándome con el pensamiento a los mares lejanos que debía atravesar—penetrado de dolor, a la idea de una separación quizás irreparable—; así una mano de Eulalia y la inundé de lágrimas. Tan turbada como yo, intentó distraerme cantando una de esas melodías que tantas veces habían encantado nuestras veladas. Era—¡podría olvidarlo jamás!—Era así:

«Clara y Paulino veían transcurrir apaciblemente sus días, y veían florecer su juventud y sus amores. Nada, en apariencia, podía separarlos, y se aproximaba el acontecimiento alimentado por su esperanza.

»Su solo pensamiento era el himeneo; la alegría su solo sentimiento, ¡que es lo que un dios consolador envía a los enamorados! Pero he aquí que un día, el padre de Paulino le dijo: «Hay que partir y dejar el amor de Clara.» Presa de la mayor emoción se dirige hacia su futura y le dice: «Deplorable suerte la nuestra. Mi padre quiere que esta misma noche nos pongamos en camino. Pero jurémonos que, suceda lo que suceda, volveremos a vernos. Si algún amor culpable quisiera hacer presa en ti, le responderás: «¿Soy capaz de olvidarle? Bien pronto mi amigo vendrá a decirme: ¡despierta! ¡Ha llegado al fin la hora de sonreír a tu esposo!» Pero si alguno de nosotros muere en la espera, que su alma goce de constante libertad para que pueda venir desde la negra orilla a consolar al que quede.

»Paulino partió. ¡Un corazón novicio es tan ligero! Un deseo, un capricho, nada, le hace cambiar. ¡Clara está muy lejos! ¡Rosa es tan linda! El tiempo pasa. El juramento se olvida. El amor se apaga.

»Clara, al conocer sus nuevos compromisos, le pregunta: «Otra bien amada obtiene tus atenciones; ¡el que ocupa a todas horas mi pensamiento ha podido hacerme traición!»

»Clara le perdona, le llora y se dispone a morir...

»Al saberlo Paulino se entregó a grandes extremos de dolor; pero Rosa le tranquilizó con un aire lleno de encanto: «¿Podrías creer en la noticia de esa muerte? puede lamentarse, llorar, pero no morir. ¡La alegría es tan pronto arrebatada a nuestros deseos! ¿Qué necesidad hay, pues, de consumir nuestra vida en disgustos? Ven a la fiesta que se prepara esta tarde y recibirás de tu Rosa los dones del amor.»

»Paulino vuela al baile y la busca con ansiedad, pero le parece que todo se conjura para ocultársela; al menor ruido cree oírla entre la multitud, y ve que su espíritu emprende el vuelo con la noche.

»Pero no, aquél es el dominio de su amante, y aquél su cuello de lis y aquélla su mano encantadora. «¡Rosa, un dichoso proyecto te aguarda! ¿lo recuerdas? Y me dirás demasiado pronto, cruel, que el día viene. Desaparece, máscara envidiosa, que tomas una forma que no es la tuya» dijo él; y Clara, ensangrentada, se ofreció a sus ojos, el brazo armado de un cuchillo aun húmedo, la vista extraviada, el pecho marchito y destrozado, la tez lívida.

»La llegada del día no le libra de aquella sombra y sus sentidos caen en un sopor; ella murmura a sus oídos un largo suspiro.

»Pero cuando su pena llegó al límite, encontró compasión y entregó su alma envenenada por una cruel preocupación. Pueda como él, todo perjuro a su juramento, sufrir de su cobarde impostura el castigo.»

Acordándome de esta balada, he comenzado a repetir esta imprecación en voz alta y acento tan colérico, que he huido, lleno de terror, temeroso de que el cielo me oyese.

8 de septiembre.

A algunos pasos de Salzburgo, hay una pequeña aldea cortada de una manera agreste sobre la montaña. Muchos arroyuelos que bajan de las rocas se reúnen debajo del cercado del presbiterio y forman un canal que va a través de la llanura, como una ancha cinta de plata, hasta perderse en el río. El murmullo de los pequeños torrentes, el rugido lejano de las ondas y el estremecimiento de los álamos, movidos por el viento, se armonizan con una dulzura indefinible y llevan al alma una languidez y una turbación deliciosa que se quisiera prolongar. Pero nunca este cuadro tiene un encanto más inexpresable que a la hora en que el cielo, adornado de los colores del alba, sonríe a la proximidad del día, cuando una niebla húmeda y blanquecina flota sobre el valle y cuando los primeros rayos del sol comienzan a dorar los plomos del campanario.

Esta mañana me paseaba por aquel lado, entregado a los más dulces pensamientos que de costumbre, cuando los sonidos lúgubres, distintos y prolongados del acero mortuorio, vinieron a distraerme de mis sueños del pasado. Retrocedí en dirección al pueblo y vi, en el ángulo del camino, un cortejo que avanzaba lentamente, recitando plegarias en voz baja. Cuatro hombres que llevaban un ataúd cubierto con un lienzo, abrían la fúnebre comitiva, y a su lado otras tantas jóvenes, vestidas de blanco, con el cabello tendido, los ojos enrojecidos por las lágrimas, el seno palpitante por los suspiros, que, con una mano, levantaban los extremos del paño mortuorio. Seguían luego mujeres, niños y ancianos que parecían penetrados del más profundo dolor, pero de un dolor mudo y resignado, lo que me hizo suponer que a aquella infortunada criatura no la acompañaban sus padres a la última morada, porque las lamentaciones de la naturaleza tienen otro carácter. Me olvidaba decir que el lienzo era blanco y que encima de él había sido colocada una pequeña corona de flores.

Cuando la multitud ya había pasado, me dirigí a una mujer casi octogenaria que seguía con paso más lento a la comitiva, a causa de su avanzada edad, preguntándole el nombre de la persona a quien llevaban a enterrar. «¡Ay, señor!—me ha contestado sollozando—, no puede usted haber dejado oír de hablar de la buena Cornelia. Tan joven aún y ya era la madre de los pobres y el ejemplo de las personas juiciosas. Es ella la que murió ayer.» Pero como yo he dicho a la buena mujer que el nombre de Cornelia me era desconocido y que hacía algunos años que estaba ausente de Salzburgo, me ha contado lo que sigue, mientras yo tomaba su brazo para atenuar la fatiga del camino:

«Cornelia pertenecía a una familia opulenta, pero ella era tan humilde y tan compasiva, que nadie hubiera advertido su fortuna a no ser por sus liberalidades. La madre de Cornelia se miraba en su hija; los padres la daban por modelo a sus hijos; sus amigas la nombraban con orgullo, los pobres la bendecían, y hasta la envidia se detenía cuando se trataba de ella; ¡tan buena y dulce era la pobre Cornelia! Hacía ya algún tiempo que su madre había observado que una pena oculta la devoraba, esforzándose en penetrar el secreto de su corazón. «¿Qué tienes, Cornelia mía», le decía, y Cornelia se inclinaba sobre el seno de su madre y lloraba. «¿Estás enamorada?», le preguntó un día. Cornelia no respondió. Es que aquél era su secreto y no se atrevía ni a negarlo ni a confesarlo.

»No obstante, no tenía por qué avergonzarse de su elección, porque Guillermo es un muchacho honrado, pero ella creía que sus padres no consentirían en que se casara con él, porque Guillermo era pobre. He aquí por qué sus padres desconocían un mal que con el tiempo no hacía más que crecer, y finalmente, cayó enferma víctima de una cruel enfermedad, y en los accesos de delirio pronunciaba con frecuencia el nombre de Guillermo. Cuando la fiebre comenzaba a calmarse y Cornelia recobraba el sentido, su madre se sentaba a su lado y la interrogaba de nuevo. Una vez lo confesó todo, después de haberla demostrado que ella misma se había hecho traición. Sus padres se reunieron y, después de haber reflexionado maduramente, resolvieron casarla con Guillermo, puesto que le había dado su amor.

»Aprovechando uno de aquellos momentos en que el estado de Cornelia dejaba entrever ciertas esperanzas de curación, le dieron la noticia, y como pensaron que su salud podía depender de esta unión tan deseada, se fijó el día y se convino en celebrar el enlace en una capilla inmediata a la casa. Debía ser ayer, a esta misma hora, y precisamente cuando ella cumplía los diez y siete años. Se levantó, se vistió y se dirigió a la capilla entre su madre, que se había consolado por completo, y Guillermo, que estaba fuera de sí de alegría. Las mismas amigas que ahora la acompañan al cementerio, iban a su lado, y los que la veían pasar decían: «¡Mirad a Cornelia! está más pálida, pero no menos bella.» En efecto, su aspecto ofrecía un conjunto de nobleza, de gracia y de serenidad. Solamente, cuando ya estaba al pie del altar, dijo en voz baja, al mismo tiempo que se apoyaba en Guillermo: «Me encuentro mal.» Fue de nuevo conducida a su casa, pero el golpe era ya irremediable y habían quedado destruidos todos los resortes de la vida. Algunos minutos después del mediodía su mirada parecía empañarse y extinguirse. Luego fijó tiernamente los ojos en su madre y en su marido y sonrió. En seguida volvió la cabeza y quedó inmóvil. Guillermo, asustado, asió su mano; estaba fría. Cornelia había muerto.»

Mientras tanto, ya habíamos llegado al lugar de la aldea en que Cornelia, durante su enfermedad, había mostrado deseos de ser enterrada; yo quise informarme aún, con una triste curiosidad, de todos los pormenores de aquel acontecimiento, gozándome en oír referir cómo aquella alma sensible y generosa se había dado a conocer a los desgraciados durante su corta estancia sobre la tierra. Compadecía, sobre todo, a Guillermo, porque sobrevivir a la que se ama... ¿qué digo yo? ¡sin duda él también morirá!

Llegamos ante la iglesia y la caja fue colocada en el umbral; el sacerdote, con los ojos levantados al cielo, los brazos extendidos, el hisopo en la mano, dejó caer algunas gotas de agua bendita sobre la prisión estrecha y misteriosa que encerraba a Cornelia. Después fue introducido el ataúd en el templo; la comitiva le acompañó, silenciosa, por la nave antigua, dividiéndose en dos filas cerca de las rejas del coro; el pueblo se arrodilló y comenzó la ceremonia.

¡Qué espectáculo ofrecía a mis ojos y qué sensaciones producía en mi corazón aquella pompa conmovedora que la religión ha colocado como un punto de reposo entre la muerte y la eternidad! La santidad del lugar, la grandiosidad de las ceremonias, la melodía imponente que resonaba en el recinto sagrado, los vapores del incienso mezclándose con el humo de las antorchas funerarias, un sacerdote augusto elevando al Todopoderoso las oraciones de la multitud, una muchedumbre piadosa haciendo un llamamiento a la misericordia inagotable del Creador sobre la tumba de la criatura, el mismo Dios, bajando para reunir a los fieles al pie del trono de su padre—y cerca de mí, en aquella caja—, bajo las tristes vestiduras de la muerte, una joven que no había tenido tiempo aún de recibir los besos del esposo amado y que tan pronto había trocado las rosas por los cipreses, las delicias de la primavera por los secretos del porvenir, el lecho nupcial por una fosa, ¡una virgen que no se había despojado aún del traje de novia y se veía arrojada para siempre a la tierra húmeda y profunda, a merced de todas las intemperies y de todas las inclemencias! ¡Inocente Cornelia! ¡Ayer ¡ay! llena de perfecciones y de bellezas, hoy inanimada por la muerte!

Mientras yo me entregaba a estas reflexiones, el cortejo había llegado al cementerio donde Cornelia debía ser depositada, y allí, los pesares que ella inspiraba, estallaron con mayor amargura. Entonces hubiera podido creer que cada uno lloraba en ella una hija o una hermana querida; de tal modo la idea de separarse para siempre y de perder lo poco que de ella quedaba, había aumentado la intensidad de todos los dolores.

En aquel momento aproximose un desconocido. Parecía rayar en la edad madura, pero algún dolor inmenso había grabado en su frente las huellas de una vejez anticipada. Su mirada dulce y altiva a la vez, tierna y no obstante un poco sombría, inspiraba el respeto, la admiración y el amor, y en su rostro flotaba un no sé qué de celeste y de deslumbrador con una majestad incomparable. Se ha dirigido hacia mí, me ha interrogado con voz emocionada y yo le he repetido en pocas palabras lo que me habían contado de Cornelia y de su muerte, pero cuando he llegado al fin del relato, él ha cesado de interrogarme y quizá de verme; sus mejillas se han cubierto de un fuego vivísimo, sus miembros se han puesto rígidos y todo su cuerpo ha temblado con una convulsión súbita; se ha abalanzado hacia la fosa y ha mirado su interior con avidez, y cuando ha descendido el ataúd, sus brazos, que buscaban un apoyo, han rodeado mi cuello. «¡Oh, usted no sabe—ha exclamado—, usted no sabrá nunca los tormentos que esta mañana trae a mi memoria! Usted no sabe que también un día vi morir y caer sobre la tierra del mismo modo a la que era, ella sola, toda mi alegría y todo mi amor, mi hermana adoptiva, la amiga de mi infancia, la esposa que me estaba destinada.»

Diciendo esto ha caído desmayado, y cuando, gracias a nuestros cuidados, ha vuelto en sí, le he llevado lejos de aquel lugar de aflicción, y marchando apresuradamente por el lado de la ciudad, no nos hemos detenido hasta llegar al recodo del camino en que yo había visto descender la fúnebre comitiva y desde donde la aldea quedaba oculta detrás de los árboles que formaban como una cortina.

Allí nos hemos separado, pero antes de hacerlo, el desconocido—al estrecharme contra su pecho con un fervor de amistad del cual yo me sentía orgulloso, y al prodigarme testimonios afectuosos de reconocimiento por un servicio sin importancia—se ha dado a conocer, y ese desconocido, por quien mi corazón se había sentido tan atraído, ¡es el esposo de Eulalia!

Cuando yo recuerdo, después de esto, que Eulalia había creído descubrir alguna semejanza entre nosotros, y cuando me lo representó con su fisonomía de semidiós, pienso que las almas escogidas están por encima de las vicisitudes y acontecimientos de la existencia y que su destino es encontrarse en este mundo.

9 de septiembre.

Otra prueba de la debilidad de nuestro espíritu y de la inutilidad de los esfuerzos que empleamos en combatir nuestras inclinaciones. Estoy convencido de que nuestra vida ha sido prevista y ordenada con las demás manifestaciones de la existencia; que todas las costumbres, que todas las relaciones que contraemos en el comercio del mundo son consecuencias necesarias de nuestra organización, y que no depende de nosotros explicar ni vencer las simpatías con que algunas veces nos encontramos atados. ¿Por qué otro ascendiente, si no, que el de una fatalidad todopoderosa, ese usurpador que me ha arrebatado mis más caras esperanzas, hubiera podido reducirme y subyugarme, cuando todo me era odioso en él y yo hubiera querido interponer un mundo entre los dos? ¿No es el esposo de Eulalia y no posee su amor?

¿Quién impediría, no obstante, que yo pasase mi vida entre ellos? ¡Idea tan llena de delicias que mi débil imaginación casi no puede concebirla! ¿Quién impediría que yo fuese su esposo, como él, y que ella repartiese su ternura entre los dos? ¿Un alma de una sensibilidad tan viva y tan tierna no nos confundiría fácilmente en un amor? porque, ¿es que la dicha de los demás tiene necesidad de alimentarse de mi desgracia y de mis dolores?

Hay que confesar que es una condición bien digna de lástima la mía, porque, por muy maltratados que se vean por la suerte la mayoría de los hombres, cuando menos pueden encontrar algún día consuelo en alguna persona querida. En cambio yo, solo sobre esta tierra miserable, reúno en mí todas las miserias de la humanidad, y todo lo que puede constituir un encanto o un alivio, me está cruelmente prohibido. Mis más dulces afectos se han convertido en tormentos insoportables, y el mismo aire que respiro se envenena en mis labios desde que Dios me ha desheredado de su Providencia.

10 de septiembre.

Y no obstante, él ha amado, ama aún y llora a otra. No sabrá amarla como yo la amaba. No puede dedicar a ella todos sus recuerdos, todos sus pensamientos, toda su vida, y cuando esté recostado sobre su seno, pensará en otro amor y en otra felicidad. ¡Desengáñate de tu dicha, alma tierna y confiada! Ese esposo no es el que el cielo te destinaba. Sus transportes, sus suspiros, sus lágrimas, no son para ti. No es a ti a quien él desea en sus ensueños. ¡Infortunada! ¡no es a ti a quien ama! ¿y con qué derecho exigirá de ti el afecto que él no puede darte? ¿acaso no es nulo el compromiso que ha anulado todos los compromisos del corazón y que ha hecho traición a la naturaleza?

Yo podría, pues... ¡jamás! Esta idea ha fermentado ya en mi pecho, pero... ¡jamás! ¡Quimera! ¡ilusión de las tinieblas! ¿Quién soy yo? ¡ay! un cautivo cuya imaginación ha reposado un momento en sueños voluptuosos; que creía andar sobre caminos llenos de verdor y bajo doseles de rosas, que no ocupaba su imaginación más que en esperanzas fáciles y esperanzas rientes y que, de pronto, se encuentra a la vista de sus cadenas y de su calabozo.

Cuando yo me veo así separado de toda dicha por un mar sin orillas; cuando me siento aplastado, anonadado por la desesperación; cuando observo cómo todas mis facultades se degradan y se irritan en este estado de convulsión y de dolor; cuando intento calcular hasta qué punto ligeras modificaciones de circunstancias o de temperamento pueden influir sobre nuestras más graves resoluciones, y cuando reflexiono sobre tantos desgraciados de sensibilidad ardiente que el cielo ha arrojado entre las contrariedades y las luchas de la vida, me extraño menos de contar un tan gran número de reputaciones escritas con sangre, y me indigno de los juicios insensatos de la multitud. Interrogad a esos altivos, a esos ciegos dispensadores de gloria y de castigo: ellos lo han apreciado, medido y previsto todo. No hay un crimen, ni un pensamiento que escape a sus leyes, a sus pesquisas, a sus verdugos; y no obstante, ellos no saben ni sabrán nunca cuan débil, estrecha o imperceptible es la distancia que separa un rebelde de un emperador y el suplicio de un proscrito de la apoteosis de un semidiós.

11 de septiembre.

Le he visto por segunda vez; entraba yo en una casa extraña y, al ser anunciado, vino a mi encuentro el señor Spronck, dando pruebas de la más viva afección. «¡Carlos Munster!—ha dicho—, ¡ay! ¿de modo que era usted...?» y no ha terminado la frase, pero su silencio mismo hablaba a mi corazón. Parecía compadecerme y justificarme; como si quisiera evitar mi odio; y yo, mientras tanto, trémulo, cohibido, con los ojos humedecidos por las lágrimas, he estado veinte veces tentado de arrojarme a sus rodillas o en sus brazos.

12 de septiembre.

Hay placeres que hemos gustado con tanta delicia, que se nos figura que el recuerdo que de ellos nos queda, debe bastar para nutrir nuestro corazón de ideas rientes y dichosas durante todo el curso de la vida; y cuando nos encontramos, largo tiempo después, en las mismas circunstancias, ocurre, no obstante, que esas emociones, tan agradables y tan añoradas, han perdido casi todo su prestigio. Nos lamentamos entonces de la inestabilidad de las cosas humanas y porque nosotros no tenemos ya aptitud para gozar de bellezas que nos arrebatan, acusamos locamente a la naturaleza de haber cambiado.

No hay nada más dulce, me decía, que poder, después de grandes contrariedades y largos años de destierro y de dolor, transportarse con el pensamiento a los días tan puros de la feliz infancia; que volver a ver los lugares que han sido el teatro de nuestros primeros juegos, de nuestros primeros trabajos y de nuestros primeros éxitos, las perspectivas en que hemos empleado nuestros primeros lápices, el techo natal y los dominios hereditarios; que reconocer el campo que nuestro padre ha deslindado, el árbol cuya sombra tanto amaba, su arado, el rústico hogar y el lecho de paz desde el cual nos bendijo. ¡Se acuerda uno con tanta emoción de aquel tiempo, rico en ignorancia y en sencillez, en que una mediocridad laboriosa limitaba nuestros deseos y un estrecho horizonte nuestro universo! ¡Hemos tantas veces deseado reunir a nuestro alrededor a todos los que han hecho con nosotros el aprendizaje de la vida y esperamos tantos goces de la evocación de aquellos recuerdos! He dejado Salzburgo para reanimar mi corazón en aquel hogar de inocentes voluptuosidades, y en lugar de los consuelos que yo esperaba, todo lo que he visto no ha servido más que para redoblar mi disgusto. ¡Placeres más penosamente comprados que los que tienen tales recuerdos! ¡la dicha pasada puede, pues, ser un tormento de más!...

Yo me figuro uno de esos ángeles réprobos que consumen su eternidad en inútiles arrepentimientos. Algunas veces se eleva pensativo hasta los confines de su primera patria, contempla con una tristeza profunda el cielo del que ha sido desterrado y los bienes que su rebelión le ha arrebatado: su infortunio es aún mayor; y, rugiendo de desesperación, se hunde de nuevo en los abismos.

14 de septiembre.

¡Cuántas gentes que se quejan de la monotonía de la naturaleza, que no ven más que cuadros estériles y fastidiosos, que piensan que con una ojeada pueden verlo todo y abarcarlo todo y que no deberían quejarse más que de la imperfección de sus facultades, de la pobreza de su imaginación y de sus sentidos! En cambio, el artista gime ante la impotencia de sus recuerdos y maldice sus telas y sus paletas cuando observa tanto matiz inimitable, tantos aspectos variados, tantas expresiones infinitas en el gran cuadro de la soberbia creación. ¡Y qué motivo de incertidumbre para él cuando ve un solo punto modificado por todas las influencias de las estaciones, por todos los accidentes de la luz y por todas las emociones de su propio corazón!

Esta mañana me he detenido a la sombra de un viejo olmo, alrededor del cual, ciertos días de fiesta, los jóvenes, sin otro concierto que el que les daba un pobre músico ambulante, se reunían para dar muestras de su fuerza y agilidad, mientras que los ancianos, emocionados por los más deliciosos recuerdos, se contaban entre ellos algún acontecimiento notable de su juventud, ocurrido en semejante día. Sin duda conservan aquella hermosa tradición, porque he visto la hierba hollada, las flores esparcidas y las margaritas deshojadas. ¡Dichosos ellos que, al menos, son fieles a sus primeros placeres y a sus primeras costumbres!

Desde aquel lugar, la vista se extiende sobre un inmenso valle que se cruza y se despliega con gracia entre las laderas de los bosques y cuyo aspecto riente y tranquilo encanta el corazón. Algunos arroyos bordeados de sauces se pierden en la llanura sin alejarse demasiado los unos de los otros, se embalsan a trechos, se acercan y se huyen cuando parece que van a darse alcance, y, finalmente, más lejos, se ven correr todos juntos. A la derecha, entre las cabañas de los campesinos, se distinguen las torrecillas de un castillo gótico cuyas alas ruinosas se extienden sobre una ancha plataforma; y más abajo, el río que sale de repente de detrás de la colina, como si en ella tuviera su nacimiento, y que se pierde, a gran distancia, en el fondo azulado del horizonte. El puente que lo atraviesa a lo lejos se asemeja a una pequeña media luna negra sobre un campo de azur.

El oriente comienza ya a colorearse en los primeros albores del día; todo es dudoso, vago e indefinido. El paisaje, apenas esbozado, no ofrece más que los colores inciertos, rasgos confusos y formas caprichosas. A medida que el día se levanta, las montañas nacen, las perspectivas retroceden, los planos se destacan y se caracterizan; bandadas de pájaros de todos colores recorren el aire con toda suerte de vuelos y de evoluciones. Bien pronto la hora del trabajo puebla los senderos y los campos. El campesino desciende de la aldea, el arriero camina pausadamente detrás de las mulas y el pastor sigue a sus ovejas. Cada hora que se aproxima es testimonio de otras escenas. Algunas veces una sola ráfaga de aire basta para cambiarlo todo. Todas las selvas se inclinan, los sauces se blanquean en sus copas, los arroyos aparecen rizados en su superficie y los ecos suspiran.

Cuando, al contrario, el sol desciende hacia occidente, el valle se oscurece y las sombras se extienden. Algunos objetos más elevados se hacen notar aún con sus reflejos de oro entre las nubes de púrpura; pero esas luces mortecinas no brillan en ninguna parte con más esplendor que sobre la superficie del río, que se precipita centelleante y lo envuelve todo en una amplia franja de fuego.

Finalmente, la luna se abre paso entre los espacios del cielo: lo mismo cuando su claridad, tierna y temerosa como la mirada de una virgen, tiembla bajo las sombras transparentes, que cuando cae en haces de luz sobre el misterio de la llanura, prestando a todos los objetos encantos inexplicables y dulzuras infinitas; es entonces cuando los bosques se pueblan de rumores misteriosos, de secretos, de pompas. Todos los aspectos del cielo y de la tierra adquieren una idealidad indecible. El aire está cargado de las emanaciones más puras y de los perfumes más agradables. El sonido del corno, el tañido de la campana lejana, el ladrido del perro que vigila atentamente ante la morada del hombre, el ruido más insignificante, en fin, os turba y os penetra; parece que la majestad de la noche impone también su misterio sobre los sentidos.

Más aún; si las inspiraciones supersticiosas y los ensueños crédulos son hijos de la soledad y de las tinieblas, ¿quién me impide dar a ese castillo habitantes y misterios; gemir por la suerte de una esposa oprimida, que agoniza en sus subterráneos, y evocar sobre sus torres las vetustas sombras de sus antiguos señores?

Esas chozas, ¿no pueden ocultarme una pareja de amantes verdaderos que han preferido el simple hogar de sus padres, un pequeño campo cultivado por sus manos y el goce de placeres sin remordimiento, a todas las seducciones de la ciudad?

Soñemos, soñemos en esta felicidad que nos rodea, puesto que jamás hemos de participar de ella.

17 de septiembre.

Esta aldea no está separada de aquella en que he visto a Eulalia más que por una colina en la que crecen diferentes árboles y atravesada por innúmeros senderos. Sea predilección, sea casualidad, mis solitarios ensueños me conducen siempre a una linda explanada tapizada de fresco musgo y sobre las que robustos arcos forman una bóveda sombría y rumorosa. En la pendiente de la colina, un campanario, ennegrecido por un incendio, eleva su torre ahumada entre algunas casuchas groseramente agrupadas en anfiteatro, y en los confines de la llanura se ven algunas alquerías con sus huertos y algunas quintas de recreo.

En un cercado de aspecto elegante y de una exposición acertada, yo había visto con frecuencia a Eulalia errar pensativa por entre los bosquecillos dejando flotar a merced del viento los pliegues de su túnica blanca y las ondas de su cabellera, o bien, a la caída de la tarde, regar con agua pura las flores de sus parterres, cuando éstas languidecían marchitas por los ardores del sol, como símbolo conmovedor de un alma tierna que se consume calladamente de amor; y cada vez un deseo inquieto, un sentimiento, mezcla de turbación y de voluptuosidad, se deslizaba por mis venas y hacía hervir mi sangre. Mi alma ardía ante la idea de aliarse en el espacio con el alma de aquella desconocida;

si ella se alejaba, yo la seguía con la mirada hasta perderla de vista, la esperaba hasta que volviese y, al verla de nuevo, trataba de apoderarme de su imagen, de apropiármela por completo y de identificármela, para no perderla jamás. Inmóvil, de pie, sin respiración, sin movimiento, su presencia era un misterio que yo temía turbar. Algunas veces negros presentimientos se extendían sobre mi porvenir como un velo de dolores; y entonces el corazón se me desgarraba. Nubes de sangre flotaban ante mis ojos y me ocultaban el cielo; lágrimas tibias y pesadas, como las primeras gotas de una lluvia tempestuosa, caían de mis ojos, y la tierra huía bajo mis pies. Entonces hubiera querido partir y lo hubiese olvidado todo: mi papel, mis lápices y mi ossian.

Después me lanzaba al azar por los bosques y me trazaba nuevos senderos apartando con las manos las ramas húmedas y los arbustos espinosos. Entonces me placía recorrer los lugares donde el hombre no tiene la costumbre de penetrar, de tal modo estaba poseído del sentimiento que llenaba mi alma y de tal modo temía ser distraído de él. Hablaba de ella bajo mil nombres imaginarios, los grababa sobre la corteza de los árboles y sobre la arena, y a veces añadía el mío. Si algún tiempo después acertaba a pasar por el mismo sitio y veía aún aquellas cifras, entrelazadas, palpitaba de alegría como si fuese ella quien las hubiese escrito. Con frecuencia curvaba jóvenes árboles para formar toldos de verdura o bien los agrupaba en pórticos, colgando de ellos frescas guirnaldas de enredaderas con sus hojas como lanzas de hierro brillantes aún por el rocío.

Quizás un día, pensaba, la conduciré bajo mis glorietas, la haré pasar bajo mis bóvedas de flores y la coronaré con mis enredaderas. Estas eran dulces quimeras e ilusiones presuntuosas del amor sin experiencia.

Hoy he querido ver todo eso, pero la magia de los hermosos días ha desaparecido. La casa ha sido abandonada a nuevos propietarios, y éstos, sin consideración alguna, han devastado sus parterres y arrancado sus madreselvas. No han respetado nada de lo que ella amaba; ¡lo que ella amaba! ¿acaso lo saben esas gentes?

No obstante, he cedido al prestigio de mis recuerdos con tanta confianza y abandono, que antes de abandonar la explanada me he vuelto maquinalmente para saber si Eulalia no seguía mis pasos. Después, reflexionando sobre este error, me he echado a llorar; pero aun he llorado más amargamente cuando he advertido mis toldos destruidos por el viento, mis arbolitos abatidos por el hacha y la tierra sembrada con sus ramas. Ante esta última pena, por ligera que pueda parecer, me he acordado de todo lo que he perdido; me he contemplado con espanto en mi soledad y en mi miseria; sin amigos, sin familia y sin patria, sin apoyo y sin esperanza, traicionado por el pasado, arruinado para el presente y desheredado para el porvenir; ¡abandonado de Eulalia y del Cielo!

En aquel mismo lugar había también resuelto consagrar a mi querido Werther una tumba cubierta de hierba ondulante, como él la deseaba; y hoy he sentido un secreto deseo de cavar la mía. ¡Es un destino tan cruel el de morir lejos de lo que nos fue querido y el de dejar los cuidados de nuestra sepultura en manos de un extraño!

24 de septiembre.

¡Sí, al sentir el fuego que recorre mis venas, he comprendido que para mí no había otro bien en la tierra que en esta otra mitad de mí mismo, de la que la injusta suerte me ha separado! ¿Y quién me devolverá esos días de delicia y de gloria? ¿Quién será capaz de hacerme revivir ese pasado que ha devorado mi porvenir? ¡Aquel tiempo ¡ay! en que mi corazón estaba inundado de afectos tan dichosos! ¡en que todas mis facultades gozaban de una actividad tan poderosa, en que su sola proximidad, el rumor de su voz o el más ligero contacto me producían tal estremecimiento que me parecía que la vida iba a abandonarme o que mi alma se precipitaba en mis nervios! ¡Entonces lamentaba no poseer bastantes fuerzas para soportar mi felicidad, o bastante amor para sucumbir a él! ¿Por qué no debía de haber sucumbido de aquel modo, exhalar mi último suspiro en aquel estado de beatitud? ¿Por qué no me atreví a ceñirla entre mis brazos, a arrebatarla como una presa, a arrastrarla fuera de la vida de los hombres y a proclamarla mi esposa ante el cielo? O si ese deseo es un crimen, ¿por qué se ha unido al propio sentimiento de mi existencia de tal modo que no podría desterrarlo sin morir? ¿He dicho un crimen? En los días de barbarie, cuyo recuerdo está ligado a todas las ideas de ignorancia y de esclavitud, el vulgo ha querido dar forma escrita a sus prejuicios y ha dicho: ¡Estas son las leyes! ¡Extraña ceguera de la humanidad, espectáculo digno de desprecio el de tantas generaciones gobernadas por una generación extinguida, y el de tantos siglos regidos por un siglo oscuro!

Después de haber gemido largo tiempo bajo el peso de tan odiosas violencias, ¿quién no querría abreviar la penosa carga de la vida, si esta alegría dependiese al menos de nosotros? Pero el Cielo y los hombres están conformes en prohibírnosla y no nos libertamos de nuestros días más que para volver a comenzar nuestro dolor. Vigila a la puerta de las tumbas, como esos monstruos que se nutren de cadáveres, nos desencanta del sueño de la muerte y se apodera de nuestra eternidad como de una herencia. Cualquiera que sea el terrible porvenir, el porvenir de sangre y de lágrimas que reserváis a los réprobos, permitid, permitid ¡oh Dios! que Eulalia me sea devuelta un momento, ¡que un solo momento este pobre corazón palpite contra el suyo! ¡que mi débil existencia pueda desvanecerse en la embriaguez de sus miradas y de sus besos! ¡que pueda morir en su amor! ¡Y a este precio, un infierno!

9 de octubre.

Es una cosa admirable y llena de encanto seguir a un gran genio en su carrera, estar, en algún modo, asociado a sus descubrimientos y recorrer con él distancias que nunca se hubieran alcanzado sin guía, como el navío acostumbrado a cortas travesías, al que un piloto hábil hace surcar por entre mares inmensos y hacia puertos desconocidos. Así, nuestra imaginación arrastrada en el sublime vuelo de tu musa, ¡oh divino Klopstock!, y recorriendo sobre sus huellas los espacios que tú has poblado, se extraña de los milagros que le rodean y se detiene sobrecogido de espanto ¡Con qué magnificencia reúnes bajo nuestros ojos todo lo que la poesía tiene de maravilloso, lo mismo cuando nos introduces en los consejos del Altísimo en que los ángeles celebran los misterios del cielo y los querubines, penetrados de un religioso temor, agitan en su huida sus alas de oro, que cuando nos descubres las grutas tenebrosas de los infiernos, evocas, con una autoridad increíble, esos ángeles vencidos que una eterna venganza persigue con eternos tormentos, trémulos bajo sus cadenas ardientes y sus rocas calcinadas, o nos transportas al gran sacrificio del Gólgota en que el Creador del mundo se abandona a las angustias de la agonía para redimir a sus verdugos!

Pero la lectura de la Biblia me ofrece aún más deliciosos goces. No hay circunstancia en la vida en que el hombre no pueda hallar consuelo en alguno de sus pasajes; ninguna desgracia que ella no solemnice, ninguna alegría que no embellezca: por eso es un libro emanado directamente del cielo.

Con frecuencia, cuando la naturaleza, en todo el esplendor de sus galas otoñales, y con todos sus bosques diademados de oro y de púrpura, sonríe al sol poniente, yo me siento en la pendiente de un ribazo, bajo alguna añosa encina, y releo los ingenuos bucólicos de los primeros tiempos, la candorosa historia de Ruth y los cantos de amor de Salomón. Otras veces, bajo los arcos góticos de una iglesia arruinada que eleva sus torres solitarias en el valle, escucho; y, en el rumor del viento, que gime a través de sus muros, como voces de bronce, creo percibir la palabra profética de un Daniel o de un Jeremías. Otras veces sobre la fosa de mi padre y a la sombra melancólica de los árboles que yo he plantado, me acuerdo, con abundantes lágrimas, de la historia de José y de sus hermanos, porque yo que veía hermanos en todos los hombres, también he sido vendido por ellos y ellos son los que me han desterrado. Pero con más frecuencia, cuando la noche, velada de negros cendales, avanza por su silencioso camino, yo repito con Job, en la efusión de mi dolor, esta profunda exclamación del alma desengañada: ¿Por qué la luz ha sido dada a un miserable y la vida a los que tienen la amargura en el corazón?

10 de octubre.

De buena gana rompería mis pinceles cuando comparo la naturaleza de este triste Occidente, mezquina y desgraciada, con esos climas favorecidos, esos cielos puros y ese sol sin mancha del magnífico Oriente, cuando vago con el pensamiento, bajo las chozas nómadas y patriarcales de los pastorales oasis o entre los augustos monumentos del viejo Egipto y cuando el magnífico habitante de esas felices regiones se eleva ante mis ojos en toda la energía de su primitiva grandeza y de sus formas originarias, mientras aquí observo cómo se han comprimido todas las fuerzas y restringido todas las facultades. Cuando me parece ver al árabe, solo con su corcel, que como él respira toda la libertad de sus soledades, cuando con la imaginación le veo franquear las arenas tórridas o bien reposar bajo la sombra reparadora de las palmeras, entonces me quejo a la Providencia de que me haya desterrado a una zona fría, en medio de una naturaleza tímida y tan lejos de las soberbias miradas del sol inspirador, y me pregunto: ¿Por qué los hombres me han hecho cautivo y por qué me han conducido prisionero a sus ciudades? ¡Hubieseis visto como yo al león del desierto arrojarse sobre la tierra alterada, olvidando que ella arde, y saborearla largo tiempo entre sus dientes!

He dicho en el desierto, porque entre los lazos de hierro de la sociedad y bajo el peso de sus ignominiosas instituciones, vuestros órganos relajados no podrían soportar largo tiempo el esplendor de tan exuberante naturaleza. Sus ricas prodigalidades no podrían pertenecer al hombre que se ha dejado degradar de la dignidad de su especie y que ha traficado cobardemente con su independencia. ¡Y cuán profundamente se siente humillada el alma generosa que ha comprometido todas sus fuerzas en este contrato, cuando conoce el precio de su sacrificio, cuando se encuentra subyugada por el audaz ascendiente de esos insolentes dominadores, y cuando compara la presente con esas edades afortunadas de la juventud del mundo en que las sociedades circunscritas en los estrechos límites de las familias no reconocían otros poderes que los que le habían sido conferidos por la Divinidad, ni otro jefe que el que recibían de la naturaleza!

Es entonces cuando se siente la necesidad de elegir entre las armonías de la tierra las que tienen una afinidad más particular con nuestra miserable condición; es entonces, y yo lo he experimentado con frecuencia, cuando se prefiere a la pompa radiante del sol las dudosas claridades de la luna y los misterios de la noche, a los esplendores del estío, a las gracias de la primavera, a los opulentos dones del otoño, la triste desnudez del invierno, las brisas frías y las negras escarchas.

Así, cuando mi alma se desprendió de sus juveniles ilusiones y cuando no encontró ya nada que la pudiera retener entre los hombres, espió los secretos de las tinieblas y las alegrías silenciosas de la soledad, comenzó a vagar por las moradas de la muerte y bajo los gemidos del aquilón; por eso ella ama las ruinas, la oscuridad, los abismos, todo lo que la naturaleza tiene de terrorífico, y por eso ha estudiado, sin necesidad de buscar otro modelo, algunos de los caracteres del infortunio.

Sí; lo repito, el invierno en toda su indigencia, el invierno con sus pálidos astros y sus desolados fenómenos, me promete más goces que la orgullosa profusión de los hermosos días. Me place ver la tierra despojada de su fecunda vestidura y flotando en esos horizontes brumosos como en un mar de nubes. En medio de esas grandezas desvanecidas y de esa vegetación ahogada, todo parece adquirir aspectos fúnebres, todo se vuelve terrible y severo. A través de los velos grisáceos y de las nubes formidables en que está envuelto, se tomaría al sol por un meteoro que se extingue. Los ríos no tienen aquel estremecimiento divino, las selvas no murmuran ni dan sombra. No se oye más que el crujido de la rama muerta que se rompe y el zumbido del viento que se desliza silbando sobre la llanura desolada. La única verdura que se ve es la hiedra que extiende sus amplias alfombras por las paredes de las rocas, que se las adosa a los muros rústicos o envuelve con ellas el tronco de las viejas encinas. Unicamente algunos abetos destacan aquí y allá, entre la nieve de las montañas, sus obeliscos oscuros, como otros tantos monumentos dedicados a la memoria de los muertos... Y de cuando en cuando podéis ver, en la lejanía, algunos viajeros que cruzan precipitadamente la llanura, o peregrinos que oran sobre una tumba.

17 de octubre.

Después de abundantes lluvias, un torrente amplio y rápido, alimentado con todos los arroyos y barrancos, desciende desde lo alto de las montañas, cae con el ruido del trueno, se lanza furioso en la llanura, la llena de espanto y de desastre, destroza, invade, devora todo lo que se opone a su paso, y, arrastrando en su loca carrera árboles arrancados de raíz, rocas y ruinas, rueda y se precipita rugiendo en el Salza.

Si sobre esos bordes veis un grupo de álamos que opone dulcemente su tranquila majestad a la agitación vehemente de la corriente, nuestro espíritu no puede por menos que entregarse a pensamientos graves y religiosos, y meditáis tristemente sobre esas vanas grandezas del mundo que aparecen de pronto, como esos torrentes, sin que se conozca el origen, que, como él, pasan entre estrépitos y devastaciones y como él se pierden en el abismo.

En cuanto a mí, sonrío con piedad ante los cuidados pueriles que el hombre siente, mientras que el tiempo arrastra en su porvenir siempre naciente el corto presente de que gozan; y al considerar que la vida no es más que un momento que huye en medio de la inmensa eternidad, siento que mis penas disminuyen.

19 de octubre.

Esta noche me encontraba en esa situación indefinible que no tiene casi nada de la actividad de la vida, pero que tampoco es el sueño. Creí oír una música muy melodiosa, de una expresión suave y conmovedora, y cuyos sonidos eran modulados con tanta dulzura, que ni siquiera el arpa los hubiera podido producir más tiernos y más seductores. Se hubiera dicho que era un concierto angélico, pero su armonía inconstante y caprichosa no multiplicaba mis alegrías más que para multiplicar mis pesares; apenas había conseguido retenerla, cuando me escapaba de nuevo. En fin, después de una cadencia sollozante que resonó largo tiempo en mi alma, cesó y no oí más que un ruido sordo parecido al de un río lejano. Luego una mano fría se posó pesadamente sobre mi corazón; un fantasma se inclinó hacia mí y pronunció mi nombre con voz penetrante, y yo sentí que el aliento de su boca me había helado. Me volví y creí ver a mi padre, no como era antes, sino como una forma vaga y sombría, pálido, desfigurado, los ojos hundidos, las pupilas sangrientas y los cabellos en desorden; después se alejó, haciéndose cada vez menos distinto y disminuyendo en la oscuridad, como una luz presta a extinguirse. Quise lanzarme en su seguimiento, pero, en el mismo instante, la luz, la voz, el fantasma, todo se desvaneció con mi desvarío y no abracé más que el vacío.

23 de octubre.

Puesto que es verdad que, desde el comienzo de este corto tránsito de la vida, todo lo que vemos a nuestro alrededor no nos deja más que pesares, dichoso el sabio que se envuelve en su manto, se abandona en su esquife y se aleja sin volver los ojos a la orilla. Pero carezco de este difícil valor.

Yo mismo me extraño de las vacilaciones de mi corazón y de la ciega facilidad con que acoge diariamente nuevas quimeras. Todo lo que tiene una apariencia de novedad le seduce, porque sabe que su estado actual es el peor y siempre saldrá ganando con el cambio. Quiere emociones desiguales y diferentes, una manera de ser diversa y fortuita, porque ha observado que el azar le daba mejor resultado que la previsión. No obstante, es tal su inquietud, que en medio de las agitaciones que busca, desea aún el reposo, únicamente, quizá, porque el reposo es una cosa distinta de lo que él experimenta diariamente, pero no tarda en fatigarse del mismo reposo. No ve la dicha más que lejos de él, y, desde que cree haberla visto en alguna parte, rompe, para alcanzarla, los nudos que le atan al lugar donde se encuentra; ¡dichoso si pudiera romperlos todos! ¿Qué ocurre mientras tanto? Antes de haber recorrido la mitad del camino que nos conduce al sitio deseado, el prestigio cesa y el fantasma se desvanece, burlándose de nuestras esperanzas. ¡Dios me preserve de vivir mucho tiempo así!

«¡Acercarme a Eulalia!—decía yo esta mañana—, ¡sí, vivir a su lado! ¡habitar donde ella habita! ¡respirar el aire que respira!» Y, desde entonces, todo lo que veo aquí me importuna.

30 de octubre.

El otro día, casi sin darme cuenta, me encaminé hacia Salzburgo; pero, desde que vi la fortaleza de la montaña, las flechas de las iglesias, las cúpulas de los palacios, y desde que pude enlazar la sensación que experimentaba con todos mis recuerdos, me encontré tan poderosamente arrastrado, que por nada del mundo hubiese cambiado de dirección. Mientras tanto la noche se aproximaba y las brumas espesas y lluviosas hacían aún mayor la oscuridad. No tenía necesidad, además, de recogimiento y de libertad de espíritu y no quería entrar en la ciudad hasta después de haber acostumbrado mi alma a las agitaciones que la amenazaban. Me abandoné con voluptuosidad a aquella noche larga y rigurosa en la que nada limitaba la independencia de mi pensamiento. Todos esos cuadros que el día anima y colorea, todo lo que me recuerda la vida me enoja y me contraría. Si hay en mí alguna actividad poderosa, si siento algunas veces en mí una fuerza superior a la del hombre, es en el aislamiento de la noche y en la contemplación de las tumbas. Todas las ideas sublimes nacen del corazón, y el corazón del hombre está hecho de dolor y de sombras.

Al pasar por la aldea donde vi enterrar a Cornelia, y donde conocí al marido de Eulalia, penetré en el cementerio por las brechas del muro. La oscuridad era profunda. Los búhos de la vieja iglesia gemían o silbaban en las cornisas. La campana, lentamente movida por el aire, producía sonidos quejumbrosos y, de pronto, no sé qué acentos lúgubres se elevaron a mi lado. Entonces un hombre se atravesó en mi camino, y después, inclinando la cabeza sobre el pecho, pronunció el nombre de Cornelia. Era Guillermo, y el Cielo me permitió darle algunos consuelos; porque la voz de los desgraciados llega fácilmente al corazón de los desgraciados y se dice que los que han sufrido mucho conocen palabras para calmar el dolor. Conversamos largo rato.

«—Si yo hubiese querido—me dijo—, es fácil dejar la vida, y los días del hombre pueden abandonarse como un vestido. Pero, ¿me atreveré a decírselo? era media noche; yo estaba sentado sobre esas piedras y dispuesto a romper el frágil talismán de la existencia, ocupaba mi imaginación en la contemplación de los tiempos pasados, uniéndolos todos en mi pensamiento. Ya todos los acontecimientos transcurridos se sucedían en mi memoria como las reminiscencias de un sueño, pero yo aspiraba aún al porvenir, y este porvenir incierto lo llenaba con mis quimeras, cuando, de pronto, una idea horrible me sobrecogió. ¡El porvenir!—exclamé—, ¿y con qué derecho, miserable suicida, te atreves a hacer planes sobre el porvenir? Has querido dejar de ser antes de que llegase tu hora, ¿y quién sabe si tu castigo será el no ser jamás? Encuentras una salida para librarte de los dolores de la vida, pero, ¿quien sabe si te cierras las puertas de la eternidad? Cornelia, la más pura de las hijas de la tierra, te espera mientras tanto entre los justos, y, con una alegría inefable se prepara a iniciarte en las delicias del cielo... Pero el que ha destruido la imagen de Dios no vivirá ya más; ha sembrado la muerte y recogerá la nada.

»Después he reflexionado mucho—añadió Guillermo tras un buen silencio

—, y creo que el que se da la muerte frustra las intenciones de la Divinidad; y reflexionando sobre este gran número de relaciones que enlazan al hombre con todos los objetos terrestres, yo le he considerado como el centro de una multitud de armonías que nacen y perecen con él, de modo que no puede caer sin arrastrar toda una creación en su caída, y el último suspiro que exhala lleva el luto a toda la naturaleza. Meditando sobre esas cosas, he reconocido que la suprema virtud consiste en amar a sus semejantes, y la suprema sabiduría en soportar su destino.

»Ya sé, no obstante, que la razón del hombre es una caña que cede a muchos huracanes; yo mismo ¡ay! tengo la penosa experiencia de que es difícil luchar con el dolor cuando no se le opone la ausencia y sobre todo la religión. Por eso he resuelto desterrarme de aquí y buscarme una tumba en otro sitio. Cerca de Donnawert hay un antiguo monasterio, cuyos muros baña el Danubio, y al cual se llega después de atravesar un bosque de abetos de un aspecto triste y formidable. Aquel lugar está lleno de misterios y de solemnidad; y el alma se abandona a sentimientos de un orden tan sublime que, según se dice, hace olvidar, por un privilegio milagroso, todas las antiguas emociones de la vida. Ese monasterio será mi asilo.»

El día nos sorprendió en esta conversación. El sol se levantaba por detrás de la torre de la iglesia y la coronaba con sus rayos como una pálida aureola; el aire estaba cargado de vapores húmedos y, a través de la niebla que nos envolvía, se nos hubiera podido tomar por sombras que erraban entre las sepulturas. Comprendí que era la hora de separarnos, besé tiernamente a Guillermo y abandoné el cementerio. Pero, al entrar en Salzburgo—yo no sé qué presentimiento espantoso...—mi corazón se ha oprimido, mi mirada se ha oscurecido y el sentimiento de la vida me ha abandonado.

CONCLUSIÓN

Aquí acaba el diario de Carlos Munster. Parece que hubo de experimentar agitaciones tan violentas, que ni siquiera pudo darse cuenta de ellas; después no encontramos más que notas de poca importancia sobre sus relaciones con Guillermo, hasta la partida de aquél para el convento de Donnawert. Lo que vamos a transcribir aparece escrito por otra mano en el original.

Desde hacía algún tiempo la melancolía del señor Spronck aumentaba continuamente; había oído hablar de Carlos Munster antes de la boda; le creía muerto cuando se casó con Eulalia, y al saber su regreso, presintió todo lo que los infortunados amantes tendrían que sufrir. El acontecimiento que le representó de una manera tan viva la pérdida que algunos años antes experimentara, fue el golpe de gracia para su dolorido corazón, y, perseguido por sus propios dolores y por los que causaba a los demás, su carácter contrajo algo de siniestro y de espantoso. Los cuidados de Eulalia contribuían a aumentar sus dolores, y cuando la joven se aproximaba a su marido con una mirada llena de ternura y de dulzura, él volvía tristemente la cabeza y la rechazaba gimiendo. Por aquel entonces la casualidad le hizo saber que Carlos, al que se había creído muy lejos, había vuelto a Salzburgo después de pasar algunas semanas en su aldea natal. Esta noticia pareció al principio consolarle mucho, pero la misma noche su estado empeoró, de tal modo, que se temía verle expirar a cada instante. Carlos, a quien una carta del desgraciado marido de Eulalia había enviado a llamar, acudió presuroso. El señor Spronck estaba tendido, sin conocimiento y casi sin vida. Eulalia, arrodillada ante su lecho, bañaba las manos del moribundo con sus lágrimas, y una lámpara, a punto de apagarse, arrojaba una tenue claridad sobre aquella escena de dolor. Al ruido que hizo la puerta al abrirse, el moribundo hizo un movimiento; con la vista fija y la fisonomía inmóvil, estaba en la situación de un hombre que despierta de una pesadilla y trata de reconciliar sus sentidos con los objetos que le rodean. Finalmente, pareció que la luz se hacía en su cerebro y pronunció con voz fuerte y clara el nombre de Carlos Munster. Este estaba a algunos pasos de distancia, y al verle Spronck, le saludó con una sonrisa tan tierna y tan paternal, que Carlos se dejó caer de rodillas ante él. Entonces el señor Spronck impuso sus manos sobre su esposa y sobre su amigo; y después de haber reunido todas las fuerzas de su alma, les describió con acento conmovedor las adversidades que habían envenenado su juventud, el dolor de las pruebas a que había sido sometido y, sobre todo, el encarnizamiento de la funesta fatalidad que les había envuelto a ellos en su propio destino. Les pidió perdón por el mal involuntario que les había causado, les habló de su próximo fin, y, enlazándoles con sus brazos, acabó así: «Sed felices ahora que mi miserable vida no puede ser un obstáculo; sed felices ahora que voy a devolver a la tierra este corazón destrozado por la desesperación; sed felices y no tengáis remordimiento por los días que quizás aún la suerte me habría reservado, porque yo no podía esperar nada más agradable que esto que me es permitido legaros: un porvenir sin alarmas que podrá resarciros de las penas que os haya causado. Permitiendo que mi muerte haya sido un beneficio para los que yo amo, el Cielo había colocado en mi muerte la única alegría que yo podía gozar aquí abajo. El me perdonará, sin duda, el haber apresurado la hora y no me condenará, como los hombres. Amaos, al menos, y perdonadme.

Después de estas palabras, su pecho se levantó con gran esfuerzo, su cuerpo se estremeció y la voz expiró en sus labios. Eulalia huyó de la habitación lanzando gritos espantosos, y Carlos perdió el conocimiento. Cuando algún tiempo después volvió en sí, la lámpara ya no brillaba y no le quedaban, de lo que había pasado, más que ideas vagas e inciertas, como las ilusiones de la noche. Extendió los brazos a tientas y tropezó con un cuerpo inmóvil y frío. Los hombres que habían acudido para conducir aquellos despojos a la tumba, le trasladaron a Salzburgo.

Las profundas impresiones que había recibido no eran de naturaleza que pudiesen borrarse prontamente. Pasó un mes antes de que su espíritu se hubiese repuesto de aquellas emociones violentas. Entonces recibió una carta de Eulalia; a la sola presencia de aquella escritura tan querida, cambió de aspecto y de color; sus mejillas se inflamaron, toda su vida pareció asomar a sus ojos, y en la inquietud que le agitaba se hubiera podido ver que su espíritu estaba fluctuando entre el temor de saber su suerte y el tormento de ignorarla. Poco a poco recobró la calma y la tranquilidad. Se había resignado a todo. Eulalia le declaraba, como él esperaba, que no podía concebir sin horror la idea de un nuevo enlace después de la muerte voluntaria de su primer marido; que estaba segura de que él tampoco querría una dicha que había costado tan cara, si es que podía llamarse dichosa una unión que dependiese de tal causa; que aprovecharse del generoso atentado del señor Spronck era hacerse casi autor de él y atraerse el castigo; que era conveniente, al contrario, dedicar la vida a expiarlo y colocarse como justos holocaustos entre la cólera de Dios y esa sombra abnegada que se había entregado a su castigo. Acababa diciendo que cuando recibiese aquella carta, ella ya estaría separada del mundo por una barrera que no es posible franquear cuando se ha cerrado tras de sí y que iba a entrar en la vida religiosa. Carlos leyó muchas veces la carta con la misma resignación. Después la dobló, imprimió un ardiente beso sobre ella y la colocó sobre su corazón, al lado de una cinta que había pertenecido a Eulalia. En seguida escribió a Guillermo comunicándole su proyecto de retirarse al monasterio de Donnawert; después distribuyó su patrimonio entre algunas familias pobres de Salzburgo, porque él ya no tenía a nadie.

Emprendió el viaje en uno de los primeros días de enero. Cuando hubo llegado cerca del convento de Eulalia, a una legua de la ciudad, se sentó ante los muros del claustro y allí permaneció muchas horas, pero no vio ni oyó nada. Algunos conocidos suyos pasaron por delante de él, sin que él los viera. Llevaba la cabeza despeinada, la barba larga, su color era lívido y su mirada extraviada; a pesar del rigor de la estación, sólo le cubría una especie de túnica grosera, pujada por el viento, caía en torbellinos sobre su cabeza y un aquilón helado silbaba entre los pliegues de su ropa. Finalmente, cuando el sol declinaba, se levantó de su asiento, y se alejó con paso precipitado. El cielo se había aclarado mucho, la luna se levantó sin nubes, la noche era tranquila.

Pocos días después, la temperatura volvió a cambiar y la lluvia cayó de nuevo; las nieves y los hielos fundidos descendieron de las montañas y aumentaron el curso de los ríos. Todos los trabajos quedaron suspendidos, todos los caminos desiertos. No obstante, por aquella época se vio a Carlos en una aldea bastante próxima a Donnawert. Su rostro estaba cubierto en parte por su cabellera, sus pies, desnudos, y su ropa caía en pedazos sobre su cuerpo. Tuvo ocasión de hablar con alguien; su voz, sus gestos, su mirada denotaban una profunda alienación mental. Es probable que la soledad hubiese dejado mayor actividad al dolor, y que su razón, mal curada de las fuertes pruebas a que había sido sometida, hubiese acabado por ceder. Se añade que algunas almas compasivas se habían esforzado en retenerle haciéndole observar que los caminos estaban impracticables y que era peligroso continuar el viaje; pero él se obstinó en su resolución.

Al día siguiente se desbordó el Danubio.

Mientras tanto, Guillermo se extrañaba de que Carlos no hubiese llegado; y contaba impaciente los días transcurridos desde aquel en que su amigo debía de llegar. Pero sus temores aumentaron aún cuando vio que la inundación, que había llegado hasta el monasterio, había cubierto toda la campiña e interrumpido todas las comunicaciones. Tan pronto seguía con la vista inquieta aquel mar casi inmóvil, tan pronto la seguía en sus decrecimientos haciéndole creer que ya faltaba muy poco para llegar a sus límites naturales; y a medida que las tierras comenzaban a elevarse aquí y allá como pequeñas islas, su corazón renacía a la esperanza. Una vez, entre los restos que el río arrastraba, creyó ver algo informe y lívido que las ondas empujaban contra los arrecifes y que desaparecía para volver a aparecer hasta que fue abandonado sobre un banco de arena.

Impulsado por una vaga pero invencible curiosidad, descendió del claustro, atravesó la iglesia, y cuando hubo llegado al pie de sus muros, reconoció el objeto que le había atraído. Se aproximó y se estremeció de horror. Un cadáver casi desnudo, pálido, destrozado, cubierto de musgo y de fango, los miembros crispados, los cabellos ralos y sangrientos, y a través del desorden de aquellas facciones deshechas y mancilladas, un aspecto lleno aún de nobleza y de dulzura; así fue como Carlos Munster se ofreció a su vista. Guillermo entonces, sin lanzar una queja ni derramar una lágrima, envolvió aquel cuerpo sin vida con su hábito negro, lo cargó sobre su espalda y lo llevó al monasterio. Detúvose en el atrio de la escalera, y después de haber depositado su triste carga en el suelo, convocó por medio de la campana a los religiosos del convento. Cuando se hubieron reunido a su alrededor y los vio dispuestos a oírle, levantó bruscamente el velo bajo el cual se ocultaba su amigo, y les dijo con voz trémula y dolorosa: «Este es Carlos Munster.» Pero la palabra expiró en sus labios, sintió que las fuerzas le faltaban y cayó sobre el cadáver. Al abrir los ojos no vio más que a un hermano que le dijo que la comunidad no había creído prudente conceder a su amigo sepultura católica, porque en el misterio en que había sobre la naturaleza de su muerte, había temido excederse en sus deberes rodeando el ataúd del infortunado de las pompas de la religión.

Guillermo se levantó, cogió a su amigo en sus brazos y se dirigió silenciosamente a la orilla del río, donde cavó una fosa, colocando encima una piedra con una sencilla inscripción, pero el primer vendaval llenó la inscripción de arena y polvo, y la primera crecida del Danubio arrastró piedra, sepultura y cadáver.

Guillermo murió al año siguiente.

Eulalia aún vive; ahora tiene veintiocho años.

LAS MEDITACIONES DEL CLAUSTRO

1803

La existencia del hombre desengañado es un largo suplicio; sus días están sembrados de desengaños y sus recuerdos llenos de remordimientos.

Se nutre de absenta y de hiel; el comercio de los hombres se le ha hecho odioso; la sucesión de las horas le fatiga; los cuidados minuciosos que constituyen su obsesión le importunan y le sublevan; sus propias facultades son una carga para él, y maldice, como Job, el instante en que fue concebido.

Vacilante bajo el peso de la tristeza que le anonada, se sienta al borde de su fosa y, en la efusión del dolor más amargo, eleva los ojos al cielo y pregunta a Dios si es que su providencia le ha abandonado.

Tan joven aún y tan desgraciado, desilusionado de la vida y de la sociedad por una experiencia precoz, extraño a los hombres que han lacerado mi corazón, y privado de toda esperanza, he buscado un asilo en mi miseria y no lo he encontrado. Me he preguntado si el estado actual de la civilización era tan desesperado que no tenía ya remedios para las calamidades de la especie, y si las instituciones más solemnes consagradas por el sufragio de los pueblos adolecían también del defecto de la corrupción universal.

Caminaba al azar, lejos de los caminos frecuentados, porque yo evito el encuentro con los que la naturaleza me ha dado por hermanos, y temía que la sangre que caía de mis pies desgarrados no les sirviera de rastro.

A la vuelta de un sendero hundido en el fondo de un valle sombrío y agreste, vi un día un viejo edificio de una arquitectura sencilla pero imponente, y la sola contemplación de aquel lugar hizo descender a mis sentidos el recogimiento y la paz.

Llegué hasta el pie de los muros y presté atento oído a los rumores de su soledad, pero no oí más que el viento del norte que gemía débilmente en los patios interiores y el grito de las aves de presa que revoloteaban sobre las torres. En la parte exterior no encontré más que puertas rotas sobre sus goznes, grandes vestíbulos, sobre los que no se veían huellas humanas, y celdas desiertas. Después, descendiendo por los estrechos escalones, a la claridad de un tragaluz, en los subterráneos del monasterio, avancé lentamente por entre los restos de la muerte de que estaban sembrados; y, deseoso de entregarme sin distracción, al sentimiento vago y casi dulce que me inspiraba la solemnidad de aquel retiro, me senté sobre un ataúd destruido. Cuando me acordé de las asociaciones venerables que había de ver tan poco tiempo y echar de menos tantas veces, cuando reflexioné sobre esa revolución sin ejemplo que las había devorado en su carrera de fuego, como para arrebatar a las personas honradas hasta la esperanza de un consuelo posible, cuando yo me dije, en la intimidad de mi corazón: «Este lugar hubiera sido tu refugio, pero no te han dejado nada; sufrir y morir, tal es tu destino», ¡oh! cuán grandes y conmovedores me aparecieron los pensamientos que presidieron la inauguración de esos claustros, cuando la sociedad, pasando de los horrores de una civilización excesiva a los horrores infinitamente más tolerables de la barbarie, y en esta hipótesis en que el retorno al estado de la naturaleza y hasta del gobierno patriarcal no era más que la quimera de algunos espíritus exaltados, esos hombres de una austera virtud y de un carácter augusto erigieron, como el depósito de toda la moral humana, las primeras constituciones monásticas.

Esos monasterios conservadores fueron otros tantos monumentos a la religión, a la justicia y a la verdad.

La manía de la perfección, de donde derivan todas nuestras desviaciones y todos nuestros errores, estaba a punto de renacer; el mundo iba a civilizarse quizás una vez más. Todos los pensamientos generosos, todos los afectos primitivos volverían a borrarse, y los oscuros solitarios lo habían previsto. Modestos y sublimes en su vocación, no aspiran más que a conservarnos la belleza moral, perdida en el resto del universo.

El que era rico hace de sus bienes el patrimonio de los pobres.

El que era poderoso e imponía a su alrededor órdenes inviolables, se pone rudo cilicio y entra con sumisión en las vías que le son prescritas.

El que ardía en amores y en deseos, renuncia a los placeres prometidos y abre un abismo entre su corazón y el mundo.

El menor sacrificio del más débil de esos anacoretas, haría la gloria de un héroe.

Examinemos, no obstante, con una escrupulosa atención lo que esa sagrada milicia pueda tener de chocante para los sabios de nuestro siglo, y por qué crímenes los humildes cenobitas se han atraído esa animadversión furiosa, única en los anales del fanatismo.

Ellos eran ángeles de paz que se entregaban en el silencio de la soledad a la práctica de una moral excelente y pura y que no aparecían entre los hombres más que para ofrecerles algún beneficio.

Sus mismos ocios estaban consagrados a la oración y a la caridad.

Dirigían la conciencia de los padres, presidían la educación de los niños, protegían, como las hadas, los primeros días de los recién nacidos sobre los que atraían los dones del Cielo y las luces de la fe. Más tarde, guiaban sus pasos en los senderos difíciles de la vida, y cuando ésta llegaba a un período supremo, ellos sostenían al débil viajero en las avenidas de la tumba y le abrían la eternidad.

Que no se diga que el desgraciado es un anillo roto en la cadena de los seres.

El pobre expirante sobre la paja, estaba al menos acompañado de sus exhortaciones y de sus consuelos.

Comprendían a todos los afligidos en una misma compasión. Su viva caridad se informaba menos de la culpa que de la desgracia, y por eso encantaban con sus consuelos la agonía de los moribundos y la tristeza de los prisioneros; y si el inocente les era querido, no odiaban al culpable. ¿Acaso el crimen no necesita también la piedad?

Cuando la justicia había encontrado una víctima, y el paciente, abandonado de todo el mundo, avanzaba lentamente hacia el cadalso, podía ver a su lado a esos emisarios divinos de la religión, y sus ojos, antes de cerrarse, leían en sus ojos resignados la promesa de la salvación.

Sus modestas miradas se enriquecían, no obstante, con los más ilustres recuerdos. Habían visto poderosos monarcas abdicar la púrpura ante sus altares y guardaban en sus relicarios el cetro de Amadeo y la doble corona de Carlos V.

Habían dado jefes al mundo cristiano; Padres y oradores a la Iglesia; intérpretes y mártires a la verdad.

Los fundadores eran elegidos que Dios había inspirado; sus reformadores, hombres valerosos y entusiastas que el infortunio había instruido. Es en medio de ellos que floreció el genio de Abelardo, cuya memoria está ligada a todos los sentimientos de piedad y de amor. También fue en la oscuridad de sus celdas donde Rancé ocultó sus penas y donde aquel espíritu ingenioso que a los doce años había adivinado las delicadas bellezas de Anacreonte, abrazó libremente, a la edad del placer, las austeridades de que nuestra debilidad se asusta.

En fin, sus maneras, sus costumbres y hasta sus vestidos participan del carácter noble y severo de su misión.

Casi contemporáneos del verdadero culto, su origen se remonta además a los esenios de la Siria, a los terapeutas del lago Moeris. Los desiertos del África y del Asia hablaban de sus grutas.

Vivían en común como el pueblo de Licurgo y se trataban fraternalmente como los jóvenes guerreros tebaicos.

Tenían remedios secretos como los sacerdotes de Isis.

Algunos se abstenían de la carne de los animales y del uso de la palabra como los discípulos de Pitágoras. Otros usaban la túnica y el gorro de los frigios, y otros, en fin, ceñían sus riñones como el hombre primitivo.

Las órdenes de las mujeres no presentaban armonías menos maravillosas.

Su vida era casta como la de las musas. Cantaban con una voz melodiosa y habitaban en lugares retirados.

Algunas usaban velos y bandas como las vestales, otras túnicas flotantes como las romanas, o cascos y armaduras como las jóvenes sármatas.

Unas se dedicaban al cuidado de los niños abandonados, como otras tantas madres dadas por la Providencia, otras vendaban las heridas de los guerreros, como las princesas de los siglos heroicos y las castellanas medioevales.

Guardaban las memorias de las Eloisa y de las Chantal, de las Luisa y de las La Vallière; contaban entre los suyos los nombres de muchas hijas y de muchos amantes de reyes que habían cambiado los esplendores del lujo y las ilusiones de la voluptuosidad por el sayal y los trabajos de la penitencia.

En fin, cuanto más profundizo la historia de esos monjes tan desacreditados, más admiro y venero la extensión de sus trabajos.

Caballeros de la fe en Rodas y en Jerusalén; holocausto de la fe entre los idólatras; conservadores de la cultura en toda Europa y propagadores de la moral en ambos hemisferios; artistas y literatos en la China; legisladores en el Paraguay; instructores de la juventud en las grandes ciudades y patrones de los peregrinos en los bosques; hospitalarios en el monte de San Bernardo, y redentores de cautivos en Argelia, yo no sé si las malas acciones que se les atribuyen podrían contrapesar tantos servicios; pero se me ha demostrado que una institución perfecta sería contradictoria a nuestra esencia, y que si es verdad que las asociaciones monásticas no carecen de inconvenientes, es porque el genio del mal ha impreso su sello en todas las creaciones humanas.

¿Qué esperabas, pues, de tus orgullosas tentativas, innovador sedicioso? ¿Anonadamiento o perfección? El primero de esos deseos es quizás un crimen; el segundo es seguramente el más vano y el más peligroso de los errores. Lleva, si quieres, la antorcha de Eróstrato al edificio social; mi corazón está bastante amargado para aprobarte; pero puesto que el Cielo ha querido que habitásemos una tierra en la que todo es imperfecto, a excepción del dolor, no ensayes más esas reformas parciales que sólo servirán de monumentos a tu nulidad.

¡Y qué! ¡ellos han analizado el corazón del hombre, han sondado todas sus profundidades, han estudiado todos los movimientos y no han presentido siquiera una sola de esas ocasiones para las cuales la religión había inventado los claustros! Terrores de un alma tímida que carece de confianza en sus propias fuerzas; expansión de un alma ardiente que tiene necesidad de aislarse con su Creador; indignación de un alma afligida que ya no cree en la dicha; actividad de un alma violenta amargada por la persecución; debilidad de un alma consumida que la debilidad ha vencido; ¿qué específicos oponen ellos a tantas calamidades? Preguntádselo a los suicidas.

He ahí una generación entera a la cual los acontecimientos han dado la educación de Aquiles. Han tenido por alimentos la medula y la sangre de los leones; y ahora que un gobierno, que no deja nada al azar y que fija el porvenir[A], ha restringido el desarrollo peligroso de sus facultades; ahora que se ha trazado a su alrededor el círculo de Popilio y que se le ha dicho como el Todopoderoso a las olas: «De aquí no pasaréis», ¿sabéis lo que tantas pasiones ociosas y tantas energías reprimidas pueden producir de funesto? ¿sabéis cuán próximo está a abrirse al crimen un corazón impetuoso entregado al aburrimiento? Yo declaro con amargura, con espanto: ¡la pistola de Werther y el hacha del verdugo han diezmado nuestras filas!

Esta generación se levanta a Dios y pide claustros.

Paz completa a los dichosos de la tierra, pero maldición a los que niegan un asilo al infortunio. El primer pueblo que consagró entre el número de sus instituciones un lugar de reposo para los desgraciados, fue sublime. Una buena sociedad provee a todo, incluso a las necesidades de los que se separan de ella por su gusto o porque no tienen más remedio.

Mientras tanto, había vuelto al piso superior y, apoyándome contra una columna gótica, adornada con tristes emblemas, advertí unos caracteres penosamente trazados sobre una de las caras del zócalo, y leí lo siguiente:

«Viendo la ceguera y las miserias del hombre, y esas contrariedades sorprendentes que se descubren en su naturaleza, y mirando al universo entero mudo y al hombre sin luz, abandonado a sí mismo y como extraviado en este rincón del universo, sin saber quién le ha puesto en él, qué ha venido a hacer, cuál haya de ser su destino futuro, yo me espanto como el hombre a quien hubiesen llevado dormido a una isla desierta llena de peligros, y se despertase sin conocer dónde está ni los medios de salir; reflexionando sobre esto me admira cómo el hombre no se desespera por tan miserable estado.»

En estas líneas Pascal ha bosquejado toda la historia del género humano.

ADELA

1820

PREFACIO

Estamos lejos de la época en que el lector deseaba en las novelas esos desarrollos hábilmente conducidos que aumentan el interés de una acción a la que concurren todas las circunstancias; esos detalles de costumbres y de caracteres que hacen vivir en el espíritu las cosas y las personas, el atractivo extraordinario y punzante de las combinaciones libres de la imaginación, conciliado a fuerza de arte con la verosimilitud de la historia. A la generación actual, impaciente de sensaciones fuertes y variadas, le importa poco encontrar en las producciones del espíritu esa acertada medida, esa exquisita conveniencia, en estilo tan puro y tan delicado que distinguen a los inimitables novelistas de Francia y de Inglaterra, a los Lesage y a los Fielding, a los Rousseau y a los Richardson. El alma no sale casi de su situación actual más que para cambiar el orden de sus emociones, para renovar la especie, para distraerse por sensaciones más poderosas; y es muy cierto que las emociones puramente sociales de nuestro siglo han debido hacernos más difíciles a las emociones novelescas. Ahora, cuando nuestra curiosidad, aguijoneada por una increíble variedad de cuadros que no ha buscado, se decide a buscar algo fuera de la esfera de las ideas positivas, es natural que se interese menos por los hechos que por las pasiones, por las circunstancias materiales de un relato que por el sentimiento indefinido que hará nacer, ver las aventuras verdaderas o falsas de un personaje indiferente que por no sé qué idealidades, las cuales, sin constituir un carácter particular, corresponden más o menos con las necesidades, los afectos, las ilusiones de la mayoría, en las épocas desgraciadas de la sociedad. Este orden de ideas es lo que se llama desde hace algún tiempo la ola en literatura, y ya se sabe que la literatura es la expresión escrita de la moral. Esto es lo que quería decir para justificar el género de esta obra, en la que no se encontrarán más que caracteres esbozados, hechos entrevistos, el cuadro defectuoso, en fin, de una obra más que mediocre, que no he tenido el tiempo, ni el talento, ni la fuerza de hacer mejor.

Como es mi héroe, con todos sus errores y pasiones, el que habla, pido permiso al lector para hablar de él. Para Gastón ha pasado ya la edad de las ilusiones, y no es que su corazón esté fatigado, pero sí marchito por la experiencia. La costumbre de los disgustos le ha hecho sombrío y tímido. La costumbre de los desprecios le ha hecho desconfiado. Es como todos los hombres que han sufrido mucho. Teme las emociones nuevas porque siempre ha perdido en el cambio, pero las experimentará necesariamente porque hay almas que sienten la necesidad de ellas y las buscan a su pesar. Su sensibilidad se ha debilitado, pero él la cree extinguida. Su mismo estilo será más sencillo, más descuidado que de ordinario. La poesía de las expresiones se decolora con la poesía de los sentimientos. No obstante, la primera chispa que reanimará este volcán hará salir de su seno relámpagos más amenazadores que nunca. Esto no será una serie no interrumpida de ideas y de acciones vehementes, una manera continuamente violenta de ser y de sentir; serán movimientos raros, pero impetuosos y terribles, que, no obstante, no producirán nunca el mal absoluto, excepción distintiva y cierta en favor de las pasiones que tienen su fuente en una organización elevada. No intentaré disculparme por haberme encariñado por su carácter, ni tampoco diré las razones particulares que me han decidido a pintarle bajo diversos aspectos. El interés que me haya tomado a mi pesar, no excusará la multiplicidad de mis ensayos. Por haber vivido en un orden de sensaciones afortunadamente poco común, no se adquiere el privilegio de escribir malas novelas.

Esto exige una justificación más especial. Con su corazón recto, pero muy exaltado, Gastón no ha podido defenderse de la influencia del espíritu de paradoja que ha presidido por completo la educación de las últimas generaciones. Este espíritu se desarrolla en razón de la situación de Gastón, cuando la dicha de su vida viene a depender de una regla de conveniencia social y siente la posibilidad de justificar a sus propios ojos una falta por un sofisma. Una novela no es una conclusión y menos aún las opiniones de un personaje de novela, que no pretende ser eminentemente razonable, contra las conveniencias públicas a las que la razón de los siglos ha reconocido la importancia. Por otra parte, no seré yo el que acuse a los hombres que declaman contra ciertas consecuencias por aversión a todos los principios, y que no combaten, en el fantasma de la nobleza actual, más que la existencia aún positiva de la monarquía... Hay que confesar que nunca hubiera estado más fuera de lugar semejante género de agresión.

No me queda más que una palabra por decir. Importa poco al público que yo haya escrito tal o cual novela, pero a mí me importa muchísimo no haber escrito más que las mías. Puesto que mi nombre, que yo no creía tuviese tanto crédito, ha podido convertirse para algunos libreros en un objeto de especulación, aprovecho la ocasión para declarar que esta última obra es con Juan Sbogar, Teresa Aubert y los volúmenes publicados con el título de Cuentos, Novelas y Misceláneas, todo lo que yo he hecho en este género. Estos escritos no merecen, ciertamente, mayor consideración que los que me han atribuido y me atribuirán aún, pero son míos.

GASTÓN DE GERMANCÉ A EDUARDO DE MILLANGES

Germancé, 12 abril 1801.

Sé que te place, mi querido Eduardo, el haberme sugerido esta idea. Acostumbrado a partir contigo todas mis penas y todos mis placeres, a extraer de tu corazón todos mis consuelos y todas mis esperanzas, a no creerme seguro de la posesión de un pensamiento o de un sentimiento al que tú no te encuentres asociado en algún modo, ahora, separado de ti por la fuerza de los acontecimientos, lanzado en medio de una nueva existencia, me costaría demasiado trabajo el no saber dónde depositar cada una de las emociones que este orden de cosas me destina. Nosotros, afortunadamente, hemos atenuado la tristeza de esta vida solitaria, obligándonos a darnos fiel cuenta de nuestras jornadas, de nuestras aventuras, de nuestros proyectos, de nuestros secretos y dulces ensueños, de modo que cada uno de nosotros, al recibir al final de cada mes el diario sincero de su amigo, pueda aún identificarse con él como antes, volver a vivir todas las horas pasadas. El cambio continuo de los secretos y la confianza de todos los momentos, hará nulos los efectos del tiempo y del espacio y disminuirá el rigor de la ausencia.

Ya hemos previsto que la calma de tu carácter, la dulzura de tus costumbres y la gravedad de tu espíritu, te asegurarán días tranquilos y apacibles, que las tempestades del mundo casi no alterarán. La exaltación de mi cabeza, el ardor de mis pasiones, mi propensión al entusiasmo, y quizás a la locura, como tú dices algunas veces, te han dado lugar a suponer que mis relatos serán más variados y más animados que los tuyos. De acuerdo con este cálculo, tú te encargarás de la parte filosófica, de la parte razonable de nuestra correspondencia, y yo te proporcionaré un diario novelesco bastante extravagante. No esperes otra cosa. La hipótesis fundada por lo que se refiere al pasado, es falsa, absolutamente falsa para el porvenir.

Tengo veintiocho años, Eduardo mío, y, lo que es más raro a esta edad, la experiencia de una docena de años de desgracias. He vivido de prisa, porque mi sensibilidad, que era mi vida, se ha consumido en ensayos infructuosos y en efectos estériles. Las calamidades de la revolución, los peligros de la proscripción y de la guerra, las agitaciones siempre renacientes de una vida incierta y móvil, las pérdidas múltiples, vivas y dolorosas, todo esto, sin duda, ha podido imprimir a mi organización, a mi carácter, al movimiento de mis pensamientos, a la dirección de mis expresiones, yo no sé qué algo de singular, de inusitado, de raro, esa especie de exageración, en fin, de la cual tú censuras con tanta razón las desviaciones; pero, en realidad, yo no necesitaba más que entregarme a la naturaleza y a mí mismo, encontrarme libre de todas las impresiones extrañas que fatigaban mi corazón, volver al reposo delicioso de la soledad y al círculo de los deberes fáciles, para renovarme. No llegarás a imaginar la tranquila esperanza de que estoy poseído desde que he atravesado el umbral del viejo castillo paterno, y he contemplado, a través de los vidrios de mi habitación nativa estos bosques, estos campos magníficos, estos bellos espacios de verdura, tan familiares y tan caros a mi infancia.

Mi madre me ha recibido con ternura, pero con una ternura mezclada con ese aire ceremonioso que tú ya conoces, y que rechaza, por decirlo así hasta el fondo del alma, un sentimiento pronto a estallar. ¡Qué cruel es, Eduardo, no poder expresar lo que se siente a una persona a la que se ama y a la que se tiene el derecho de amar, sin violar las conveniencias! Pero me he contenido.

Para visitar el departamento de mi padre he tenido que reunir todas mis fuerzas de hombre; fue en aquel lugar donde yo le vi por última vez y donde recibí sus últimas instrucciones y sus últimos besos, cuando yo esperaba volver a verle y recibir sus besos después de haber cumplido mis deberes para con el príncipe y la patria. ¡Qué pérdida tan grande! tú, que pudiste apreciar sus cualidades, lo sabes mejor que nadie; la elevación de su espíritu, la pureza y la sencillez de sus costumbres y esa filosofía tranquila y religiosa, le hacían tan superior a la adversidad, que todas las vicisitudes parecían para él motivos de alegría. Dios no ha permitido que me asistiese por más tiempo con sus consejos y que me guían entre los escollos de la vida. Me ha dejado solo sobre esta tierra, y ante la idea, ante la convicción de mi abandono absoluto, se me parte el corazón. Te dejo un instante para llorar.

17 de abril.

Me he trazado un plan de vida que seguramente te sorprenderá. Por de pronto, tengo la intención de ver a muy poca gente, la menos posible. Tengo la intención de fortalecerme, de rehacerme por completo, y para esto necesito recogimiento y soledad.

Todo mi servicio se limita a Latour, a quien tú conoces, a ese valiente Latour que ha hecho conmigo las campañas de la Vendée y que más que un criado es un compañero seguro, un amigo fiel, sin el cual no podría pasar mi corazón. Su presencia de espíritu me ha salvado la vida en dos ocasiones, en las que, además, se distinguió por prodigios de valor que le atrajeron la amistad de los oficiales, la estimación del ejército y que le asimilaron a mis ojos a lo que yo conozco entre los hombres de más noble, de más generoso y de más eminente. Si él hubiera deseado otro estado, otra condición de vida, yo soy, afortunadamente, bastante rico para habérselo podido proporcionar. Está, pues, conmigo, por su voluntad.

Como es difícil vivir mucho tiempo sin ocupación, o, mejor dicho, como yo no puedo pasar, de cuando en cuando, sin aficionarme a algo para distraerme de la vida, he vuelto a la botánica, mi dulce estudio de años pasados. Voy a volver a comenzar mis herbarios destruidos y a renovar mis relaciones con esas ricas familias de vegetales entre las que, un largo alejamiento, me han hecho casi extraño. ¿Necesito decirte qué goces inexpresables me procuran esos dichosos recuerdos a los que se asocian tantos dichosos recuerdos y tantas armonías encantadoras? Dulce privilegio de los placeres sencillos y puros de la adolescencia; ¡que no se pueda renovar ni uno solo sin que todos los demás vengan a enlazarse a él para embellecerlo aún más!

¿Puedo volver a ver, por ejemplo, esa encantadora hierba doncella, tan querida de Rousseau, sin acordarme de que cuando tu primera visita a estos campos nos gustaba tomarla sobre la alfombra fresca y sombreada de este bosquecillo, en memoria de un escritor cuyas obras adorábamos? La aguileña no es rara en las tierras ligeras y arenosas que bordean el bosque, pero, Lucía, a la que siempre lloraré, la prefería a todas las flores. Un agavanzo herido por los rayos ardientes del Mediodía o pendiente de una rama rota por la tempestad, me recordará el que Fanny me dio y que yo dejé secar y marchitar sobre mi corazón. Un bosquecillo de serbales me traerá el recuerdo de Victoria, y jamás veré ¡o tú, el más lindo de los árboles! tus pequeñas hojas aladas, tan finas y tan ligeras, y tus amplios corimbos de flores blancas o de frutos perfumados, sin sentir arder mis labios y mi sangre al primer beso de amor que yo recibí bajo tu sombra.

18 de abril.

Ocupo ahora la última habitación del ala derecha del castillo, la que da sobre el lago circular por el cual tantos paseos habíamos dado en nuestra infancia.

Aparte de los objetos necesarios, en ella sólo encontrarías dos retratos, el de mi padre y el tuyo, un piano y algunos libros. En este último capítulo, sobre todo, he hecho grandes economías, pues estoy convencido de que, a excepción de un pequeño número, los libros sólo son buenos para los ociosos y ciertos espíritus perezosos incapaces de pensar por cuenta propia. Aun iré más lejos: la Biblia es la única obra indispensable que yo conozco, y me parece que al dársela al hombre, Dios le ha dado todo lo necesario para su inteligencia. Por eso yo he conservado la costumbre de leer todas las noches un capítulo según el estado de mi espíritu. Así, por ejemplo, cuando tengo la imaginación encantada por mil ensueños pastorales que me han mecido en el curso de mi paseo, yo encamino mi pensamiento bajo las tiendas de los patriarcas, o entre los segadores de Belem, y asisto con la imaginación a las bodas de Ruth.

En cambio ha disminuido mi entusiasmo por Osián y aun por Shakespeare. En general me voy deshaciendo, tanto como de mí depende, de la influencia de los sentimientos novelescos, sin buscar, no obstante, un género de ilusiones mil veces más miserable en esas soberbias vanidades de la filosofía que llaman conocimientos positivos, como si hubiera algo positivo en la tierra y como si lo poco que Dios nos permite ver en sus obras fuese otra cosa que un pasto entregado a la orgullosa ignorancia del hombre.

No puedo prescindir, claro está, de algunos métodos de botánica; pero como la colección de mis especies no será nunca muy considerable, me atengo a los métodos más antiguos y más sencillos. Soy de opinión que los hombres de los tiempos pasados tenían de la naturaleza ideas más bellas y más conmovedoras que nosotros, y que esa manera religiosa e intelectual de penetrar en sus misterios, que distingue a nuestros antiguos escritores, valía más que las estériles ventajas que nos proporciona el perfeccionamiento del análisis. Los hombres de nuestro tiempo se parecen a esos niños que rompen sus juguetes para conocer el secreto de su construcción; roto el juguete, ¿qué queda de él?; un resorte de acero, un pedazo de vidrio, un cascabel; y, en cuanto al encanto, ha desaparecido.

21 de abril.

¡Renovarme! te decía el otro día; ¡ay! ¡si pudiese solamente distraerme... olvidar! No deseo, no espero la dicha, pero sí un reposo duradero y profundo, una libertad sin reserva. Te he repetido con frecuencia que no odio la vida por las cosas que en ella se encuentran y que, en general, me atraen y me retienen. Comprendo esas ilusiones y las buscaría de buena gana. Odio la vida tal como los hombres la han hecho, como una obligación mutua, como un deber social que somete mi independencia a intereses reconocidos, a conveniencias establecidas sin contar conmigo. La odio, como todo lo que no es espontáneo en la voluntad de la criatura sensible, fuerte e inteligente que Dios se ha dignado formar a su imagen. Convén conmigo en que es vergonzoso el pensar que vivir no es un acto libre y que el alma está condenada por anticipado a la existencia... ¿qué digo? a la inmortalidad, sin haberlo consentido...

Esta disposición de espíritu en que he caído desde hace algunos días, me ha procurado, no obstante, una dulce emoción, una emoción tanto más agradable, porque no estoy acostumbrado a ella. Mi madre; alarmada por mi melancolía, ha querido averiguar el motivo y oponer a las penas de mi corazón el encanto de los consuelos y de las esperanzas. Yo me he estremecido con una involuntaria alegría al pensar que me amaba lo bastante para compadecerme, y después he lamentado amargamente el haberla disgustado por un motivo tan poco fundado, porque yo mismo me vería bien embarazado si quisiera explicarme lo que ella llama mi dolor. ¡Creerás tú que ella ha supuesto que el amor... el amor! ¡miserables ilusiones de niño de las que yo tantas veces he reconocido la frivolidad!... ¡el amor! ¡Ah! sin duda, yo amo a las mujeres en sus brillantes armonías con la naturaleza, como una de las obras más encantadoras, como uno de los más seductores ornatos de la creación; las amo como a las flores, como amaría a criaturas animadas y pensantes que tuvieran, en el desarrollo de sus ideas y de sus sentimientos, la gracia y la delicadeza de las flores. Hay algunas que las distingo de las demás, y entonces experimento la necesidad de ocupar su espíritu o de interesar su corazón. Si una de sus miradas cae sobre mí o se encuentra con las mías, siento, como antes, que mi corazón palpita más de prisa, que mis ojos se turban, que la sangre llena mi pecho y afluye a mis mejillas, que mis nervios se exaltan por no sé qué confusión vaga y dulce de vergüenza y de placer, de inquietud y de ternura. Me acuerdo, en efecto, del tiempo... ¿Qué hombre no ha sido presa alguna vez de los errores de la adolescencia frívola, crédula y desocupada?... El roce de un vestido o de un chal, el movimiento de una pluma flotando entre los cabellos de una mujer, el juego de luz que centellea sobre la pedrería de su peinado o de su pecho, la melodía de una voz de ángel que el viento hace llegar de lejos, a través de todos los ruidos y cuyo sonido vibra largo tiempo, la menor cosa basta entonces para absorber todos los pensamientos y para suspender toda la existencia. Hay instantes, horas, días enteros, en que uno está abstraído, a su pesar, por una imagen encantadora que le llama, que le persigue, que vanamente tratará de evitar, que encontrará en todas partes y cuya perfección ideal está compuesta por los rasgos de mil mujeres diferentes, o, todo lo más, por los de una mujer a la que no se ha visto jamás. ¿Cuántos años hace falta vivir, mi querido Eduardo, para no sentir semejantes quimeras?...

¡Oh amigo mío! puedes estar seguro de que en el mundo que habitamos hay almas a las que se castiga por una culpa antigua, o a las que se castiga tal vez anticipadamente por una falta que inevitablemente han de cometer, almas de expiación que llevan durante una generación todo el peso de la venganza divina, y que están condenadas al amor de lo imposible, como si el supremo poder que no puede, sin contravenir sus propios decretos, separar el infinito de la eternidad, hubiese querido dar la sensación de la nada en el presente; aquellos que tienen la facultad deplorable de concebir, de ver con la imaginación voluptuosidades ante las cuales las de la tierra resultan pálidas, se aniquilan estérilmente. Así, todo lo que yo comprendo ahora del amor, no pertenece al tiempo ni al espacio en que estoy encerrado. Es algo como la sensación prematura de una dicha futura que no tiene nada de terrestre, que es ilimitada, que llenará un día el vacío inmenso de mi corazón, que colmará toda la ambición de mis deseos. ¿Qué queréis ¡grandes dioses! que pida a la mujer que consienta en amarme? ¿qué podré esperar de ella? ¿El compromiso de los seres tan débiles, tan pasajeros, que no conocen, que no aprecian siquiera el instante en que gozan, que no pueden responder de la más próxima de sus emociones, que se extrañarían todos los días de sí mismos si todos los días adivinasen lo que les había de ocurrir al siguiente? ¿Una transacción, un contrato de algunos años o de algunos meses, que una circunstancia imprevista, los celos, el despecho, el pensamiento, puede modificar; que se altera por la duración, que se disuelve por la suerte, y que un desprecio, un capricho, una enfermedad, pueden cambiar en aversión?... ¡No! ¡no!

Nada finito, nada perecedero puede bastar a la necesidad de amar que me atormenta. Es preciso que yo relaje, ya lo ves tú, que yo rompa todos los lazos que me atan a los afectos de un día, para situarme en este camino seguro del cual mi vida es la fatigosa preparación. Es preciso, para gozar plenamente de lo que yo ame, que encuentre en la dicha de amar y de ser amado, la seguridad de una eternidad completa y, ¿aun la eternidad misma será bastante larga para amar?

¡El amor de una mujer!... ¡de una mujer mortal!... ¿qué entiendes por ello?... ¿Una sonrisa llena de encanto, un timbre de voz que turba y trastorna los sentidos, un apretón de una mano que quema?... Ya sé qué es eso. Pero, esa mano y ese corazón se convertirán en polvo, y el polvo de mi corazón no se confundirá con ella, y lo que quede de mí será para siempre extraño a esa alma que un momento ha reemplazado a la mía. Eso no es posible, y el amor de que hablamos, Eduardo, no es más que una invención de nuestra vanidad. ¡No hay cosa más terrestre que el amor! Es la primera conquista del hombre que resucita.

25 de abril.

Ya hace algunos días que sabía que anoche teníamos que visitar a la señorita de Valency, el único retoño de esa ilustre familia y propietaria del castillo vecino. Ya había perdido de vista a esa joven, que no tiene más de veinte años, y que era aún una niña cuando yo salí de aquí, pero conservaba el respetuoso recuerdo de su tía Adelaida, la priora, mujer de un espíritu sensato y de la mayor virtud, que me dio lecciones en mi tierna juventud, y a la cual, quizá, debo este fondo de piedad, que si no me ha preservado de muchos errores, al menos me ha consolado en no pocos reveses. Excuso decirte que me produjo la más viva alegría el saber que el Cielo ha protegido su existencia en medio de los funestos acontecimientos que le han arrebatado a todos los suyos.

Eudoxia de Valency es de una estatura elevada y bien proporcionada; su porte es majestuoso, pero no exento de afectación. Sus facciones tienen una expresión notable, pero me parecen algo estudiadas. La sonrisa, ese amable índice de la satisfacción de sí mismo, se detiene alguna vez sobre sus labios, pero es más frecuente ver en ellos una mueca de desdén. Inútilmente he buscado, inútilmente he esperado en su conversación un movimiento, un gesto, una inflexión que revele un pensamiento cordial. Su abandono mismo está tan cuidadosamente estudiado, hay tanta mesura en su aparente libertad, tanta circunspección en su franqueza, que, al verla, experimentarías el sentimiento penoso que producen las imitaciones demasiado exactas de la naturaleza que no son la naturaleza y que chocan en fuerza de su parecido. No he de decirte si sus términos son escogidos, si su elocución es adornada y si en sus discursos brilla la ilustración. Conoce tres lenguas y hace versos. Cuando nosotros entramos, parecía meditar profundamente no sé qué pasaje de un libro abierto sobre su pupitre; al aproximarme reconocí en aquel libro una de las obras maestras de nuestra metafísica, obra maestra, en efecto, de toda la aridez de corazón aliada a toda la presunción de espíritu. Yo daría inmediatamente una buena parte de mi vida por estar persuadido de que no hay ninguna mujer que lea a Condillac, como estoy convencido de que no hay ninguna que lo entienda; y creo que no faltaba más que esto para indisponerme irrevocablemente con todo el sexo.

Mi madre ha notado que la señorita de Valency ha cambiado de departamento; y nunca adivinarás la razón. Imagínate que en la extremidad del jardín inglés sobre el cual da su salón y su tocador, hay una cascada, a decir verdad, poco ruidosa, pero cuyo sordo murmullo resulta un poco molesto. En los bordes del pequeño estanque que forma la cascada al caer, han sido plantados unos cuantos sauces llorones, árbol que odia la señorita de Valency. Después, la exposición de todo el departamento es al sol naciente, cuyos primeros rayos van, a pesar de todos los obstáculos, a posarse todas las mañanas sobre sus párpados aún somnolientos. ¡Figúrate tú la impresión que me ha producido una mujer que no ama el sol naciente, ni el follaje de los sauces llorones, ni el rumor del agua lejana, y que, además, lee a Condillac o quiere hacerlo ver!

La señora Adelaida está enclavada en la cama por una extraña enfermedad que mina y consume su vida y que, quizás, arrebatará bien pronto al mundo los ejemplos de su santa existencia. He conseguido que me introdujesen en su habitación o, mejor dicho, en la modesta celda que ella misma se ha asignado en el castillo. Estaba acostada, pero vestida, con las manos cruzadas sobre el pecho. Un crucifijo de madera negra pendía de su cabecera. Cerca de la cama una mesita cubierta de libros piadosos y con algunos ramos benditos ya casi secos, adosados contra la pared. Al ruido que yo hice al entrar se volvió hacia mí y me dirigió una sonrisa. «¿Es usted—me dijo—, mi querido Gastón? A mi edad, y después de una tan larga ausencia, casi no podía esperar volver a verle. ¡Loado sea Dios por la nueva gracia que me ha concedido!... Pero no crea usted que la Providencia no haya tenido sus motivos para salvarle de tantos peligros. Usted prometía ser bueno y generoso en sus inclinaciones, moderado en sus pasiones, y el ejemplo de las gentes de bien es un tesoro para el siglo.» Yo estaba conmovido hasta saltárseme las lágrimas. Su palidez, su debilidad, su voz casi imperceptible, me atormentaban con la idea de una separación próxima y eterna. Yo veía que ella se esforzaba en demostrarme que estaba mejor para causarme menos pena. Me retiré muy emocionado.

He de confesarte que la señorita de Valency no gana nada al compararla con una mujer semejante. No obstante, el juicio que he formado de la joven Eudoxia después de un cuarto de hora de conversación vaga, de relaciones insignificantes, en medio de las conveniencias embarazosas y del temor de una primera visita, podría ser también el efecto de una prevención mal fundada. ¡Soy tan propenso a dejarme sorprender por no sé qué apariencias de simpatía ridícula o de antipatía injusta! pero yo ahora te hablo con arreglo a mi pensamiento. Y dígase lo que se quiera, Eudoxia no tiene nada que reprocharse; yo admito que es perfectamente bella; dudo de que se pueda tener más talento; quiero creer, con todo el mundo, que es difícil practicar la virtud de una manera más exacta y más severa; pero tiene una clase de virtud, una clase de talento y una clase de belleza, que nunca serán de mi agrado.

29 de abril.

Hay gentes a quienes la manía de ser grandes les hace descender a pequeñeces que uno creería con trabajo si ellas mismas no diesen todos los días ocasión de presenciarlas. En cuanto a mí, esto me causa una indignación tan violenta, que no soy dueño de contenerla y que me obliga absolutamente a demostrarla cuando me tropiezo con una de esas personas.

Mi padre se sentía orgulloso de uno de sus antepasados, un simple jurisconsulto del siglo XVI, pero escritor de una ciencia y de una erudición poco comunes, que se distinguió por sus obras muy preciosas sobre la jurisprudencia y las leyes de los tiempos antiguos, y que interpretó con una sagacidad exquisita textos importantes, pero confusos, que los más hábiles no se habían atrevido a poner mano sobre ellos. Hay que hacer notar, de pasada, que es a este grande hombre a quien mi familia debe su ilustración y que mi nobleza data de él, lo que no prueba que venga de muy lejos, pero tampoco prueba que tenga un origen indigno, y esto sí que sería una gran desgracia.

El azar me ha conducido hoy a un salón del castillo, que yo había visto ya en otra ocasión, tapizado de retratos de familia, y he reconocido todas las augustas imágenes de los antepasados de mi madre, con sus escudos, sus condecoraciones y sus armiños; pero he buscado inútilmente lo que me interesaba más en aquella galería genealógica, la imagen del sabio respetable cuyos vastos y útiles trabajos han fundado mi fortuna y han dotado mi nacimiento con la herencia de un nombre querido a la sociedad. La memoria de este retrato era tanto más viva en mí, por cuanto, como ya te he dicho, mi padre sentía una singular veneración por él y lo mostraba con preferencia a las visitas que recibíamos en el castillo. Yo hubiera podido señalar con el dedo el sitio en que lo había visto, pero decididamente estaba vacío, y te dejo adivinar la causa de su supresión. Me avergonzaría de decírtela, tanta ingratitud y tanta ridiculez encuentro en ella.

Al volver al departamento de mi madre me he informado de los motivos de un cambio tan extraño; ella me ha contestado, ¡ay! como yo esperaba; pero he insistido con una firmeza respetuosa y el retrato ha sido de nuevo colocado en su sitio.

2 de mayo.

Eudoxia nos ha devuelto esta mañana la visita que últimamente le hicimos. Venía acompañada de un caballero de los alrededores, llamado Ferreol de Montbreuse. Yo no te había hablado aún de Ferreol de Montbreuse, a pesar de que todo el mundo habla de él aquí. Es un hombre de treinta y seis años a lo más, pero cuya cortesía serena, la gravedad inalterable y la severidad reconocida de costumbres y de principios, harían honor a un hombre de más edad. Me habían hablado de su trato como de la ventaja más real de mi estancia en Turena, y, no obstante, yo no había tratado de frecuentarle. Tengo en singular estima la perfección, pero ésta carece para mí de ese atractivo que se apodera del corazón y que mi corazón necesita experimentar. Tú eres el único amigo que yo haya recibido de la sociedad (la naturaleza me había dado otro), tú eres el único, repito, que me haya reducido a sufrir, a perdonar, ese defecto desolador e inimitable de la perfección; pero la tuya tiene algo tan natural, tan involuntario, tan desconocido para ti mismo; forma en ti un conjunto tan inseparable, que uno se acostumbra sin darse cuenta. Cualquiera que sea el mérito del señor Montbreuse, se pretende que había tenido la dicha, por un momento, de ocupar los nobles pensamientos de Eudoxia; dos almas tan solemnes eran dignas de aproximarse. El descalabro de su fortuna le ha impedido ir más adelante. Es bien lamentable que después de una revolución, las familias que han corrido los mismos peligros, los parientes, los vecinos, los amigos, heridos por una misma desgracia, no imiten a los náufragos que la tempestad arroja a una isla desierta y no reunan todo lo que poseen. ¡Qué necesidad tenía yo de quedar tan rico! La noticia del restablecimiento casi total de la señora priora, me ha causado una alegría tan viva, que no he podido esperar al día siguiente para írsela a demostrar, y he acompañado a su casa a la señorita de Valency con una diligencia, que ella probablemente habrá atribuido a otros motivos. Su tía estaba sentada en un gran sillón de brazos, en un rincón de la terraza donde los rayos del sol, débilmente atenuados por algunos macizos de lilas, producían un agradable calor. Al verme ha querido levantarse, pero yo he corrido hacia ella para impedirlo. Hemos hablado alegre y largamente de mil cosas distintas y me ha hecho prometer que le contaría mis viajes y le hablaría de mis amigos, y le he dicho que tú eras el mejor de ellos. Por su parte me ha recomendado, con cierta autoridad, que cultivase las relaciones con el señor de Montbreuse, al que sólo encontraba demasiado austero para su edad. En fin, ya era bastante tarde y aun estábamos hablando, cuando advertí que la humedad de la tarde no podía serle beneficiosa. Entonces entramos en las habitaciones, apoyada por una parte en mi y por otra en una joven a la que ama mucho y a la que siempre está elogiando. La llama su amiga, su bienhechora, su ángel salvador, en reconocimiento de algunos cuidados que ha recibido de ella durante su enfermedad, y, en efecto, es un ángel esta niña. Yo no me acuerdo haber visto nada más gracioso ni más dulce que sus facciones, nada más atrayente ni más cordial. Es uno de esos conjuntos llenos de armonía y de serenidad en los que la vista se reposa. ¿Has encontrado alguna vez alguno de esos rostros celestes en los que se lee tanta paz, tanta dicha, y cuya expresión sobrenatural fascina? Pues algo así es. Daría cualquier cosa porque la vieses.

¡Una circunstancia encantadora! mis miradas se han encontrado por casualidad con las suyas. Entonces, ¡si hubieses visto sus hermosos ojos inclinarse hacia el suelo, sus largas cejas fruncirse ligeramente, sus mejillas colorearse con un tinte vivo y fugaz! El ángel se ha ruborizado; entonces no era más que una mortal, pero una mortal adorable ¡y adorada! iba a decir, ¡qué locura! He aquí lo que me han contado. Es una pobre muchacha a la que sus padres han abandonado sin que se sepa la causa. Hace ocho o diez años que dejaron esta aldea donde vivían de su trabajo, para ir no se sabe dónde. Ciertas personas hasta aseguran que han acabado bastante miserablemente, pero lo más probable es que se trate de personas mal informadas. Lo que hay de cierto es que la señora priora recogió a la pequeña Adela, de la cual era madrina, y le dio cierta educación. Si mi Adela te interesa, otra vez te daré más detalles, aunque en el fondo no se trate más que de la doncella de la señorita de Valency, pues me olvidaba advertirte que con este titulo vive Adela en el castillo.

Como yo había ido en el carruaje de la señorita de Valency, he vuelto a casa a pie a través del bosque, que es magnífico y en plena vegetación. La tarde era de una serenidad deliciosa y la puesta del sol de una pureza y de una luminosidad incomparables. Prestigios encantadores que se sucedían en mi espíritu como las ideas de un hermoso sueño, sumían mis sentidos en el más dulce bienestar. Ahora no sé por qué me encontraba tan dichoso, porque desde entonces nada ha cambiado en mí, ¡y, sin embargo!... ¡Qué difícil de comprender es el hombre!

Este bienestar de que yo gozo aquí, prueba por lo menos que no me equivocaba cuando te escribía que la paz del campo convenía a maravilla a mi situación actual y cuando yo concretaba toda mi felicidad en dejar transcurrir oscuramente mis días. Ya veo, pues, que el giro novelesco y la exaltación de mis ideas obedecían a otras causas que a las locas pasiones de la juventud, y esto es lo que nunca han querido comprender los que me conocen. Y es que yo tengo una conciencia de mí mismo que raramente me engaña.

3 de mayo.

Ayer por la tarde, cuando acababa de escribirte, Latour entró en mi habitación con un aire inquieto y hasta algo asustado. Sé sentó a cierta distancia de mí, guardó por algún tiempo un silencio sombrío, y después empezó a murmurar no sé qué entre dientes. «¿De qué se trata—le dije—, mi pobre Latour?» «Que pierda mi nombre—continuó como si hablase solo—, si no es Maugis, el infame, el execrable Maugis. ¿Se acuerda el señor de aquel aventurero que se presentó al general con falsos poderes, que aprovechó cobardemente para entregar al enemigo un destacamento considerable de los nuestros, y que se substrajo, desgraciadamente, por una pronta huida al castigo que merecía?» «He oído hablar de ese miserable, y creo, como tú, Latour, que se llamaba, efectivamente, Maugis, sea con la única intención de ocultar su verdadero nombre, sea por seguir la costumbre bastante rara de nuestros oficiales; pero, ¿a santo de qué?...» «¿A santo de qué?—exclamó—. Ese infernal Maugis, que yo hubiese reconocido entre mil, no es otro que el honrado Ferreol de Montbreuse, que usted ha visto hoy, y, sin temor a equivocarme, afirmaré que no hay otro Maugis. ¡Rabia y maldición! ¡Es una vergüenza para la Providencia ver gentes así gozar del aire y del sol!»

Me costó gran trabajo apaciguar la cólera de Latour y hacerle comprender que era imposible que sus sospechas fuesen fundadas, por lo que salió más extrañado de mi incredulidad que convencido de mis razones.

Me estaba reservado para hoy sostener una discusión más difícil, discusión para la cual, por lo que te vengo escribiendo desde hace algunos días, estarías seguramente más preparado que yo. Mi madre me ha hecho entrar en sus habitaciones para hablar de cosas serias, muy serias, en efecto. Se trataba de perpetuar mi nombre ilustrándolo con una noble alianza. Fíjate bien, ¡ilustrar el nombre de mi padre! «Ya debía saber—ha añadido—que la nobleza de mi familia, por parte de mi padre, no respondía del todo al brillo de mi fortuna; y si la fortuna tiene alguna ventaja, ¿no es, sobre todo, la de favorecer uniones honorables que dan relieve al esplendor de nuestros propios títulos y los transmiten aún más gloriosos a nuestros hijos?» Y luego me ha hecho comprender modestamente que era una combinación de este género, a la que debía yo tener la madre que tenía. ¡Y yo que creí deberla a la naturaleza y al amor! ¿Cómo te lo diré? Los Valency son menos ricos que yo; Eudoxia es menos rica que yo; pero es noble como mi madre y piensa como ella. El resto ya puedes adivinarlo.

Todo esto me ha producido una sorpresa tan viva y tan dolorosa, que he tardado mucho tiempo en buscar una idea, y más aún en encontrar una expresión. Todo lo que puedo recordar, y aun muy vagamente, de aquellos instantes de confusión y de ira, es que pronuncié algunas palabras en solicitud de un plazo de unos meses para dedicarlos a la reflexión y seguramente, añadí, para que no se hiciera ilusiones, que de otro modo nada obtendrían de mí, porque mi madre salió dirigiéndome una mirada más severa que de costumbre. Es, no obstante, probable que no haya esperado ganar gran cosa haciendo violencia a mi corazón, porque ha accedido a mi demanda antes de que yo hubiese encontrado fuerzas para renovarla. Por lo demás, espera mi resolución dentro de seis semanas, y no es de suponer que en ese tiempo haya yo cambiado de modo de pensar.

Quiero decirte con esto que he tomado mi resolución en el mismo instante, y que ésta es invariable como los principios que, hasta hoy, han dirigido mi vida. No, no compraré mi dicha, y estoy seguro de que la Eudoxia no me haría dichoso; no compraré con mi tranquilidad, con mi libertad, con la incertidumbre deliciosa de mis esperanzas, el ridículo honor de asociar mi nombre al de una mujer a la que no puedo amar. Si yo concedo algún valor a mi fortuna y a la situación que ocupo en la sociedad, es, sobre todo, por la independencia que me da y por la inmensa amplitud que deja a mis elecciones; porque, en fin... a ti bien puedo decírtelo, porque preferiría cien veces favorecer a mi mujer con mi casamiento que no que ella me favoreciese a mí. Soy demasiado orgulloso para consentir en aumentar por un préstamo tan odioso la suma de mi valor personal y para dar esta ventaja sobre mí a la vanidad de una mujer. Antes de sufrir semejante humillación me casaría con la misma Adela. ¡Adela! ¡Ya lo creo!

5 de mayo.

Hay ciertos días, días pasados demasiado a prisa, que el azar, que la Providencia nos trae cuando nuestro corazón, demasiado fatigado por los disgustos, tiene necesidad, para no ceder, de volver a saborear la felicidad, y que compensarían, ellos solos, toda una eternidad de abandono y de dolores. Si me fuera dable, yo pediría: Que ese día me sea devuelto, que vuelva a comenzar con todos sus encantos, con todas sus ilusiones; que me sea permitido vivirlo como la primera vez, sin que nada distraiga mi pensamiento, gustar sus placeres con la misma confianza, con el mismo abandono, agotar sus delicias; ¡y después que la nada comience su obra!

Cerca del castillo de Valency yo había notado en el bosque un lugar fresco y ameno en el que mueren encantadores senderos que parten de las aldeas inmediatas y que más lejos van a perderse en la llanura. Esta especie de vestíbulo de verdura, agradablemente sombreado por una amplia bóveda de follaje y tapizado de un césped florido del que se exhalan los más dulces olores, ofrece en todas partes pequeños asientos naturales tan cómodos como si el arte hubiese intervenido en ellos. A corta distancia se ve brillar a través del ramaje la limpia superficie de un estanque de agua clarísima, que encierra el bosque por aquel lado una vasta muralla de cristal y que atrae sobre sus bordes una multitud innumerable de pajarillos.

Es allí donde yo estaba sentado, contando escrupulosamente los estambres de una flor desconocida para mí, cuando el ruido de un paso ligero y el roce de una falda distrajeron mi atención. Era Adela, y aun cuando no tuviese nada de particular verla allí y hasta hubiese esperado encontrarla no sé cómo; aunque Adela no fuese para mí más que una joven interesante, pero casi desconocida, las palpitaciones de mi corazón se multiplicaron con violencia; me estremecí, temblé; una nube, en la que entraban todos los colores, turbó mi vista, y un desfallecimiento vago recorrió mi cuerpo y embarazó mis pasos; porque al verla me levanté, me acerqué a ella sin mirarla, o, por lo menos, sin verla, y le presenté mi brazo sin informarme a dónde iba. Cuando el velo que oscurecía mis párpados comenzó a despejarse y pude observar distintamente las facciones de Adela, noté que ella se extrañaba de mi proposición y, a decir verdad, yo también me extrañé de mi proposición, pero se la repetí, sin duda, con voz más segura. Después de algunos momentos de una vacilación llena de gracia, Adela pareció ceder a una orden más pronto que acceder a una súplica, apoyando ligeramente su mano en mi brazo; entonces yo fijé aquella mano con fuerza, apretando el brazo contra el costado, y eché a andar precipitadamente en la dirección que Adela parecía seguir.

Cuando mi agitación, sólo calmada a medias, dejó alguna libertad a mi espíritu, advertí que la agitación de Adela no era menos que la mía, no por sus miradas, que yo evitaba aún, sino por el estremecimiento de sus dedos que mi mano derecha había asido por un movimiento involuntario y tenía apretados contra mi corazón. Nada más adecuado para distraernos a los dos de aquel estado de emoción que la pregunta tan fría y tan natural que yo había omitido al principio, y pensé que una conversación necesariamente menos apasionada, menos tempestuosa, que nuestro silencio, acabaría por devolvernos un poco de tranquilidad. Pregunté, pues, a Adela a dónde iba y me respondió con una ligera e inocente sonrisa que era un gran secreto. Tal misterio, puedes creerlo, no me produjo la menor inquietud. Yo lo había olvidado ya cuando el último sonido de las palabras aún no había acabado de agitar el aire. Eran tales mis pensamientos, que buscaba en mi imaginación algo nuevo que la pudiese engañar y engañarme a mí mismo sobre lo que yo experimentaba. Sentía a la vez el deseo y el temor de que ella lo adivinase. ¡Me sentía tan dichoso de estar a su lado y tan impaciente por quedarme solo para pensar en todo lo que le hubiera dicho! Después de un minuto de silencio, renové mi pregunta con más aplomo. Entonces Adela me dijo que iba a la aldea próxima a llevar un pequeño socorro que la buena priora enviaba todos los días a una familia enferma. No la oí casi, tan ocupada tenía la imaginación.

Paso rápidamente sobre los detalles de ese paseo de una hora, hora deliciosa que debía haber sido un siglo y que no ha sido más que un minuto. Omito esos detalles porque perderían su encanto con la descripción; porque resultarían fríos bajo mi pluma y me abrasan el corazón; porque hay en ellos una flor de voluptuosidad que escapa a las facultades imperfectas que el hombre ha recibido para expresar y para comprender; porque yo creería limitar mi dicha limitando el espacio de mis recuerdos; porque en este relato que se refiere a Adela, hay, no obstante, circunstancias que no pertenecen a Adela, que me distraerían de Adela; de un modo o de otro, es cosa bien decidida que Adela tendrá todos mis pensamientos de hoy, ¡todos los pensamientos de mi vida!

6 de mayo.

Las conveniencias sociales me prescriben ver, al menos, a Eudoxia. El corazón me lleva hacia su tía. Las he visto. He visto a Adela también. ¡Qué digo, ay! no he visto más que a Adela.

Sí, mi querido Eduardo, sería superfluo, sería indigno de mí ocultarte este sentimiento que me domina, que llena, que absorbe mi existencia. ¡Infierno y paraíso! ¿Quién hubiera pensado que a los veintiocho años la vista de una muchacha toda sencillez y bondad y nada llamativa, me subyugaría como en el tiempo de la debilidad y la ignorancia de mi corazón? ¿Quién podría expresar el éxtasis y el delirio que yo experimento al solo recuerdo de sus facciones y al solo rumor de su nombre? Pero no es eso tampoco. Floto en una atmósfera tan pura de felicidad, mi pecho se ensancha con una alegría tan pura y tan nueva... Porque todo es nuevo para esta alma que se despierta aún una vez sobre sus despojos para amar y para sufrir...

Para sufrir. Ya sé cuánta vergüenza y desgracia puede hacer caer sobre mí semejante pasión. Yo no cierro los ojos ante este extraño extravío de mi imaginación, o, mejor dicho, ante esta implacable contrariedad de mi fortuna, que me impulsa obstinadamente hacia todo aquello de lo que debería huir, y que me hunde tanto más profundamente en el abismo de mis resoluciones, cuanto menos esperanza veo en volver a la superficie. Yo maldigo la locura de mis proyectos, la increíble debilidad de mi razón, que se deja deslumbrar por la menor ilusión y claudica ante cualquier capricho; me indigno contra mí mismo y cedo, no obstante, a la indignación que me arrastra sin intentar resistir. Hay más aún. Si yo conociese un poder capaz de librarme de mis debilidades y de borrar de mi pecho hasta la traza de un recuerdo, no tendría la fuerza de invocarlo. Todo lo que los demás hombres encuentran vil y odioso será precisamente lo que a mí me ate con nudos más difíciles de romper, y tengo necesidad de decirte que este sentimiento ha adquirido tal autoridad en mi corazón, que los consejos y las instancias de la amistad no harían más que redoblar el ímpetu.

Eduardo, mi querido Eduardo, tú, en quien el cielo me había dado un hermano, un guía y un protector en medio de las tempestades de la juventud, tú que has sido tanto tiempo la luz de mi espíritu y el freno de mis pasiones, no me abandones en el estado de perplejidad en que me encuentro. Todo lo que he dicho antes no iba destinado a ti.

¡Oh amigo mío! ¿qué resultará de la violencia de tantos pensamientos contrarios que me proporcionan a cada minuto un nuevo tormento? ¿Quién me hará triunfar de la imagen que me sigue por todas partes? ¿quién la desterrará de aquí, de mi memoria, que ocupa exclusivamente, con sus grandes ojos negros tan nobles y tan conmovedores, sus labios tan voluptuosamente bellos, el aire de amor y de bondad que flota sobre su rostro, y su hablar un poco lento cuya franca melodía me penetra?

8 de mayo.

¿Quién me impedirá buscar en otro sitio la independencia y el gozar en un olvido profundo, cobijado bajo cualquier abrigo impenetrable a las miradas de los hombres, la dicha que la sociedad me rehúsa? ¿Qué hago yo aquí, y quién advertirá mi ausencia en este torbellino de personas frías y extrañas, continuamente distraídas por los intereses de su fortuna y de su orgullo? ¿No he llenado ya para con mi país los deberes que me prescribía mi nombre? ¿El límite de mis obligaciones se extiende, acaso, más allá del sacrificio de mi vida cien veces expuesta en los campos de batalla? Yo abandonaré esa sociedad. Opondré a todas mis conveniencias y a todas las pueriles vanidades de su etiqueta el silencio y la oscuridad de mi soledad. Llega una época en que el alma siente la necesidad de tomar posesión de sí misma y de recogerse en meditaciones imponentes, lejos del caos de los negocios sociales, bien lejos, sobre la cumbre de un monte que agujerea las nubes y domina las llanuras inmensas y los mares sin orillas. Me parece que el Creador, al producir su universo tan completo en belleza, al arrojar una magnificencia tan maravillosa sobre las obras salidas de sus manos, y al hacer contrastar sus riquezas de una manera tan humillante con la miseria de nuestros sentimientos, ha querido revelarnos por un objeto de comparación sensible la nimiedad de todos los placeres que nos procuramos fuera de él y de todos los juicios que fundamos sobre la vana opinión de la multitud. Yo me traslado algunas veces con la imaginación al día en que, muy joven aún, pero ya proscrito, ascendí por primera vez a las altas cimas del Jura. Cuando se ha seguido sobre la más elevada de sus mesetas las sinuosidades de un camino severo que se prolonga sobre los flancos del Dole; cuando se llega al fin de ese paseo taciturno en el que, todo lo más, no se ha tenido más compañía que el grito de una vieja águila asustada que se extraña de oír entre aquellas rocas el sonido, olvidado desde hace mucho tiempo, de una voz humana; cuando parece que la tierra va a faltar bajo los pies y que con el brazo extendido se va a tocar el azul solidificado del firmamento, entonces se manifiesta de pronto un espectáculo tan poco vulgar que hace comprender en el mismo instante la necesidad de una voluntad divina en el misterio de la creación. Se creería que el genio de la tierra levanta el telón que separa de un mundo mágico este mundo de fango y piedra, para introducirse en una región de milagros. Yo quisiera describirte esto, pero, ¿con qué colores?

Imagínate que en la extremidad del bosque de Lavatay, sobre la última cresta de la montaña, hay una pobre casa, que de lejos parece perdida en el fondo de las nubes, y que se llama casita de las hoces, porque los senderos que antes descendían sobre el camino escarpado del abismo, se recurvaban sobre sí mismos como la hoz del segador. Hoy, que la esclavitud y el trabajo han construido caminos suntuosos para los cambios corruptores del comercio y para las invasiones de la guerra, las hoces se desarrollan de una manera menos amenazadora en las profundidades del precipicio y la cabra montes, sorprendida de que una mano servil haya osado embellecer su morada, no se aventura ya en los caminos del hombre. Permanece inmóvil en el ángulo más saliente de una roca cortada a pico, y contempla tristemente el cielo, lo único que la civilización nos ha dejado. Todas las partes del cuadro que se presenta en conjunto a la mirada, preocupan de tal modo el pensamiento, que hay que pasar largo tiempo antes de conseguir poner en orden las sensaciones que se experimentan y de distinguir los detalles; allá abajo, donde acaban el Jura y Francia, un lago que en su inmensidad presenta el aspecto de un mar; sobre sus bordes las campiñas románticas del país de Vaud, los paisajes agrestes del Valais, las ásperas soledades de la Saboya; confundiéndose con el horizonte, y tan vasta como él, la cadena de los Alpes, cuyas innumerables cúpulas se agrupan sobre la semicircunferencia del cielo, diversas de formas, de carácter, de fisonomía, de color, pero todas afectando al fuego del sol el brillo de los diferentes metales; las unas resplandecientes como la plata pulimentada; las otras, según el efecto de las sombras que se proyectan sobre sus contornos, mates como el plomo o brillantes como el acero bruñido, con reflejos azules o violados; otras, en fin, tan deslumbrantes, cuando el sol poniente las inunda, que se diría que son masas de hierro blanqueadas a la fragua. ¡Aquel día el sol se ponía con tanta magnificencia y en un cielo tan puro! Los vapores del lago, aspirados por el crepúsculo, suspendidos de sus rayos, se balanceaban sobre las aguas como un ligero crespón teñido de rosa, se levantaban poco a poco desde los pies del viajero hasta las más elevadas cimas y desplegaban ante él, sobre el horizonte, un telón inflamado que esparcía sobre todos los objetos el prestigio de su luz; después, más densas y más oscuras ya, nimbaban, en fin, aquel magnífico espectáculo en un dosel de púrpura y de oro cuyo esplendor únicamente palidecía ante los astros de la noche.

¡Y esas montañas inmensas, deshabitadas, desconocidas en su mayor parte, no contienen un asilo al que yo pueda llevar conmigo, robarlo a la curiosidad insolente, a la censura hipócrita el secreto de mi felicidad y de mi vida! Yo no seré dueño de relegarme, de desterrar mi porvenir. ¡Moriré amarrado a la cadena odiosa que se me ha impuesto, sin hacer un esfuerzo para romperla! ¡Pero no, no se alabarán de mi esclavitud! Antes romperé todas las cadenas a la vez.

Eduardo, apiádate de mi infortunio.

9 de mayo.

Yo no te había dicho que la conversación del otro día había versado sobre los casamientos desgraciados, a propósito de ese loco de Subligny que ha terminado su carrera novelesca casándose con una bailarina. Yo me he apoyado en este ejemplo con un calor y una abundancia de ideas, que debía, más que a la riqueza del asunto, a ciertas circunstancias de mi situación particular. He sostenido que no había nada más imperdonable, más antisocial, en toda la fuerza de la palabra, que las desuniones morales, y que eran extremadamente difíciles porque es raro que las almas nobles no se aproximen a sus semejantes, como dice Shakespeare, o que se dejen engañar tanto tiempo por los impostores para llegar hasta el momento de formar un nudo tan solemne, sin haber tenido la triste dicha de desengañarse; que lo que se llama un matrimonio equivocado, en la acepción general que se refiere solamente a la diferencia de posición social, no podía chocar más que el más absurdo, el más absurdo de los prejuicios; el que atribuye a una clase especial facultades especiales, o, mejor dicho, exclusivas; que como yo no sabía de nadie que se hubiese atrevido a decir que la virtud se probaba por títulos o se adquiría por privilegios, no veía por qué se había de prohibir a un hombre sensible y delicado el derecho de buscar la virtud donde se encuentre; que era una cosa atroz, en fuerza de ser ridícula, condenar a una mujer interesante, dotada de todas las cualidades y todas las gracias, a la desesperación de no pertenecer jamás al objeto amado, porque esta infortunada, a la que la naturaleza y la educación han concedido todos los dones, se veía privada por el azar de una circunstancia que no depende más que del azar; que si los grandes talentos imprimen a aquellos que los poseen un carácter incontestable de nobleza a los ojos del siglo y de la posteridad, el ejercicio privado de los deberes más difíciles de llenar de la religión y de la moral, aunque fuese un título menos brillante a los ojos del mundo, no era un título menos recomendable para las almas rectas y honradas; que, en consecuencia, yo nunca me atrevería a censurar una alianza del género de la que se hablaba, si podía encontrar en ella la feliz armonía de costumbres y de carácter, que es la única garantía de felicidad de los matrimonios y de la prosperidad de las familias.

Es probable que estos razonamientos hayan parecido totalmente indignos de contestación al señor de Montbreuse, porque se ha contentado con mirarme severamente sin hablarme, al mismo tiempo que dirigía a Eudoxia una mirada de inteligencia en la que me ha parecido descubrir no sé qué de desprecio y de amargura. Eudoxia misma, cuyas ideas son bien opuestas, no me ha parecido que hiciera tampoco suficiente caso de mis razonamientos para respetarlos seriamente; se ha contentado con algunos lugares comunes, a los que las gracias de su elocución y la firmeza de su ironía han prestado más agrado que solidez. Adela me escuchaba con emoción, porque sus mejillas estaban muy animadas, pero en vano he tratado de encontrar su mirada. La señora Adelaida sonreía al principio, pero después su fisonomía ha adquirido un carácter más grave. Ha comentado dulcemente mis palabras reprochándome, de una manera afectuosa, el ardor que demostraba en la discusión y el entusiasmo con que había abrazado las ideas más extraordinarias y con frecuencia tan funestas. Se ha lamentado de la facilidad con que los hombres de esta generación se apoderan y propagan los sofismas, cuyas consecuencias no aprecian, y que tienden a desnaturalizar sucesivamente todas las relaciones de las cosas. Concediéndome que había verdades noblemente sentidas en lo que acababa de decir, me recomendó que reflexionase sobre el origen y los efectos de esas conveniencias morales, por otra parte tan respetables por la autoridad que han ejercido sobre nuestros antepasados, y por la consagración casi religiosa que han recibido de los siglos, cuyo juicio definitivo es, en último análisis, toda la razón social, añadiendo, con el tono de una resignación modesta, y no de una convicción imperiosa, que el deber del buen ciudadano es someterse a las instituciones establecidas ni discutirlas, y que, puesto que la imperfección de los hombres les hace tributarios esenciales de ciertos errores sancionados por la necesidad o por el tiempo, el interés del género humano prescribe a los corazones rectos y sensatos el deber de plegar su razón a la conveniencia común.

Es posible que esto sea verdad. Y cuánto no daría yo porque no quedasen más que recuerdos de esta débil demarcación que el azar del nacimiento ha trazado entre algunas familias y la gran familia humana; de esta circunstancia tan extraña a mi voluntad, que me ha sometido a un orden particular de costumbres y de obligaciones, que ha restringido, comprimido, roto la independencia de mi corazón; que me ha prohibido los afectos más simples y más dichosos; que me ha separado de Adela y de la felicidad.

¡Separado! ¡Bárbaro prejuicio! ¡yo te entrego a la indignación de las almas fuertes y sensibles!

¡Separado! ¡a mí, que atravesaría el globo por un beso de sus labios!

¡Separado! ¡Ven, ven sobre el corazón de Gastón, pobre huérfana que los hombres rechazan! ven con confianza, y te juro por la inocencia y el candor de tu alma, que todas las potencias del infierno no conseguirán separarnos.

16 de mayo.

Nunca había sido tan asiduo al bosquecillo como desde hace algunos días, ni nunca mi herbario había aumentado con tanta lentitud. Esto extraña mucho a Latour que se interesa por mi herbario, como por todas mis distracciones. En cambio, no te extrañará a ti, que sabes que Adela pasa por allí todos los días. Ya habrás notado que entre esta carta y la anterior hay una gran distancia y habrás creído sin duda que la abundancia de sensaciones ha podido distraerme durante muchos días de mis más dulces ocupaciones. Todo esto es verdad, mi querido Eduardo, y, sin embargo, no tengo nada nuevo que decirte, porque mi amor no es ninguna novedad para ti, y toda mi vida se encierra en él.

Yo no te había dado sobre el origen de Adela más que informes imperfectos, recogidos del vulgo. La señora Adelaida me había dicho algo más, pero no lo suficiente para satisfacer mi curiosidad, que, por otra parte, temo mostrar demasiado abiertamente. En fin, el otro día, me informé por la misma Adela, mientras la acompañaba del bosque a la aldea, abordando con todos los rodeos que exigía una cuestión tan delicada; y como este relato no carece de interés ni aun para las personas más extrañas a todo lo que me atañe, quiero hacértelo oír de labios de la propia Adela, tal como yo lo he oído. Perdóname si, con la sencillez de sus palabras, no he tenido la dicha de conservar su gracia natural y esa efusión tan fácil y tan conmovedora de sentimientos que le presta el encanto más atractivo. Hay cosas que no se pueden expresar.

«—Mi padre—me dijo Adela—nació en Valency, de una familia de labradores muy ricos. Se llamaba Jaime Evrard, y como anunciaba un talento y unos modales muy superiores a la mayoría, sus padres resolvieron darle una educación adecuada que le hiciera apto para seguir una carrera más brillante en el mundo que la que ellos habían recorrido. Sus progresos superaron a todas las esperanzas, pero inútilmente. En aquel tiempo llovieron las desgracias sobre mi abuelo; malas cosechas, dos incendios que consumieron sucesivamente su casa y su granja y, en fin, la pérdida de un proceso considerable, cambiaron su fortuna en miseria. Era imposible llevar a la práctica los proyectos que tenía sobre mi padre y se entregó a la desesperación.

»Jaime Evrard entró en un regimiento que estaba de guarnición en Saumur. En aquella época mi padre era aún muy joven, de una figura arrogante y simpática, de un valor a toda prueba, y a esto unía gran número de esos talentos agradables que abren a los que los poseen las puertas de todas las sociedades. Estimado por su coronel y por sus oficiales, había ya ascendido dos veces seguidas con una rapidez insólita en el servicio, pero sin que despertase la menor envidia en sus camaradas, que hacían sincera justicia a sus condiciones. En fin, la mayor parte de sus superiores se habían acostumbrado por anticipado a mirarle como a un igual. El azar hizo que una señorita de aquella ciudad, que pertenecía a una noble familia, se fijase en él y que, sin darse cuenta de su inclinación, se acostumbraban de tal modo a él, que no podía pasar sin verle. Bien pronto sintió que aquella inclinación era amor, pero era tarde para poner remedio; por lo menos ella lo creyó así, y mi padre con ella. ¿Qué más le diré, señor Gastón? Yo fui el fruto de aquel error.

»Mi madre no pudo disimular su falta a sus padres, y éstos, aunque cariñosos y buenos, eran demasiado orgullosos para tolerar que Jaime Evrard la reparase. Se limitaron a tomar las precauciones necesarias para ocultar mi nacimiento a todo el mundo, y me enviaron con mi nodriza a esta aldea, donde fui bautizada bajo los auspicios de la señora priora. Ya comprenderá usted que no me dieron este asilo sin motivo, y que mi madre se complacía pensando que yo crecería bajo los ojos de un padre atento, a todas mis necesidades. En efecto, habiendo cumplido el tiempo de su compromiso, sacrificó algún tiempo después la esperanza de todo ascenso para tener el placer de no alejarse de mi lado y de ver desarrollarse poco a poco en mis facciones el parecido con una persona que le era tan querida. Aun fue más lejos en su ternura. ¿Se hubiera considerado dichoso si no me hubiese podido llamar su hija? La nodriza que me había dado, joven y desgraciada víctima de una inclinación engañadora, pasó por mi madre y su esposa. Unicamente la señora Adelaida estaba en el secreto.

»Así fui educada y, a decir verdad, mi infancia no transcurrió sin alegrías. La amistad de mi buena madrina, los cuidados atentos y verdaderamente maternales de la nodriza, a la que yo creo con títulos aún más sagrados a mi reconocimiento, y sobre todo el afecto de mi padre, lo embellecían todo. Unicamente, cuando volvía del campo le sentía aún algunas veces bañarme con sus lágrimas, pero yo no me inquietaba, pensando que lloraba de alegría.

»No obstante, mi verdadera madre continuaba profesándonos el mismo cariño. Escribía con frecuencia a mi padre, y le comunicaba sus pesares y sus esperanzas. Hacia el tercero o cuarto año de la Revolución, su padre la dejó sola en Saumur, para ir a servir al rey en su ejército de la Vendée, y ella entonces quiso aprovechar la libertad de que gozaba para verme; porque hacía mucho tiempo que había perdido a su madre. Fue un hermoso día para nosotros aquel en que nos llegó la noticia del inesperado viaje. Aun cuando yo fuese muy joven para comprender claramente aquellas cosas, mi padre me las hizo comprender como mejor pudo, y partimos después de breves preparativos, que a él le parecieron demasiado largos. En fin, fui devuelta a aquella que me había dado la vida y la hice presente de la ternura que otra la había robado, pero sin olvidar tampoco mi reconocimiento para aquella al lado de la cual había crecido. Yo era muy dichosa; ¡pero aquello duró tan poco!...

»Mi padre había concebido un proyecto digno de un alma tan noble, y mi madre lo había aprobado. Las guerras civiles, que habían llegado a un período culminante, abrían una carrera fácil a los hombres de resolución, y él no desesperaba de adquirir, a los ojos de mi abuelo, tales títulos de gloria, que le permitiese casarse. Fue por eso por lo que nos abandonó, llevándose la esperanza de volver pronto para no dejarnos ya más.

»Durante su ausencia, mi madre me había colocado en un colegio al cual iba a verme con frecuencia. Pasaba allí por una huérfana y me guardaban toda clase de consideraciones. Cuando estábamos solas, hablábamos de mi padre y llorábamos largo tiempo juntas. Al cabo de algunos meses advertí que aun tenía otros disgustos que no me decía, pero me limitaba a afligirme en secreto y no le preguntaba nada. En fin, un día dejó de visitarme; así pasó una semana, un mes, y nadie sabía darme razón de ella. Comprendí que había acabado toda dicha para mí y que en vano esperaría a mi madre. He aquí lo que había pasado:

»Las esperanzas de mi padre se habían realizado. Actos del mayor heroísmo habían hecho que sus generales se fijasen en él y acababa de ser promovido al grado de jefe de división.»

—Es verdad—exclamé yo interrumpiendo a Adela—, se llamaba Mario Evrard.

—Ese era su nombre de guerra—contestó Adela.

—Sí—continué yo—, me acuerdo como si fuese ahora. El general, rodeado de enemigos, estaba a punto de sucumbir; su caballo yacía muerto a sus pies, y él mismo, gravemente herido, no oponía ya resistencia alguna. De pronto, el capitán Evrard atraviesa por entre aquella multitud atónita ante su temeridad, arranca al general de las manos que se disputan el honor de darle el golpe de gracia, y vuelve a nuestras filas bajo una lluvia de balas que no le alcanzaron. El grado de jefe de división fue, en efecto, el premio de su valor, pero desapareció pocos días después, y todos quedamos convencidos de que había perecido en una emboscada.

—Ahora voy a explicarle ese acontecimiento—continuó Adela—. Desde el instante en que recibió ante sus compañeros el nuevo título con el cual en lo sucesivo se le debía reconocer, menos orgulloso de aquella distinción que, enajenado de poderlo hacer servir para el éxito de su amor, corrió a arrojarse a los pies de mi abuelo y a confesarle su falta, su arrepentimiento y sus deseos. Juzgue usted del contento que sucedió en su alma a tantas inquietudes y dolores, cuando supo que se le daba a mi madre por esposa. Pero, como a él no le bastaba con experimentar semejante alegría, sintió la necesidad de hacerla compartir. Saumur no estaba lejos del cuartel general del ejército. Dos días de tregua le bastaron para escapar con el primer disfraz que encontró y caer en los brazos de mi madre. El primer instante lo dedicaron por completo al placer de volver a verse, el segundo a la inquietud y al terror. Saumur pertenecía a los republicanos y mi padre estaba proscrito.

»Aun no le he dicho a usted la causa de la sombría tristeza que noté en mi madre la última vez que recibí su visita en el colegio. Un joven caballero que acababa de dejar las banderas reales bajo el pretexto de no sé qué comisión secreta, y que había obtenido de mi abuelo una recomendación bastante vaga para mi familia, se había atrevido a demostrar a mi madre unos sentimientos que ella no debía compartir más que una vez. La pasión de aquel desconocido le era tanto más importuna por cuanto todo la prevenía a la vez contra él y los informes particulares la habían hecho entrar en una desconfianza respecto de él que, aun en un corazón completamente libre, no se hubieran conciliado jamás con el amor.

»No obstante su respeto por aquella recomendación sagrada, y sobre todo su timidez natural, aumentada aún por el carácter despótico e impetuoso de aquel hombre, la imponían una especie de sumisión, soportando pacientemente sus impertinencias y disimulando en parte la aversión que le inspiraba. En cuanto a él, convencido de que tenía un rival afortunado, no descuidaba nada para encontrar alguna circunstancia que confirmase sus sospechas, y la casualidad se puso al servicio de sus celos de la manera más funesta, conduciéndole al lado de mi madre en el momento en que recibía los últimos besos de su esposo.

»Nada puede dar idea de la cólera y de la furia de aquel loco a la vista del hombre que le robaba el corazón en el cual se había prometido reinar; llenó la casa con sus amenazas y sus gritos, y no temió provocar a mi padre, cuya paciencia se agotó ante aquella nueva prueba de audacia. Salieron los dos animados de los mismos sentimientos de odio y se dirigieron a un lugar adecuado para poner fin a sus disputas, mientras que mi madre esperaba su vida o su muerte del resultado de aquel terrible duelo.

»Apenas se encuentran solos, mi padre arroja al suelo su capa y descubre imprudentemente su pecho. Ya sabe usted que el noble corazón de los vendeanos era la única condecoración de aquel ejército; su adversario se da cuenta de ello, y viendo una ocasión de perderle sin exponer su vida, lanza un grito al cual acuden una docena de bandidos, a los cuales tenía sin duda apostados allí, para alguna otra cobardía. «¡Detenedle—exclama—, es un oficial realista, un enemigo de la república!» Mi padre lucha vanamente contra aquellos miserables que le rodean, le desarman y le arrastran a un calabozo.

»Mientras tanto, mi madre contaba impacientemente las horas sin recibir ninguna noticia consoladora y abandonándose a toda la amargura de sus temores, menos terribles que la verdad, cuando un tumulto confuso que subía de la calle, el redoble de un tambor periódicamente interrumpido, y el rumor sordo de los pasos de un piquete... Perdone usted, señor Gastón, que llore delante de usted, me costaría demasiado contener mi dolor... La pobre escucha con ansiedad, corre, baja velozmente la escalera, atraviesa la plaza, empuja a la multitud, llega al destacamento, mira, lanza un grito y cae.

»¡Angélica! ¡Angélica mía, vuelve en ti! ¡Sé digna de tu padre y de tu amigo! Vive para Adela y por mi memoria... Pero habla sin ser oído. Los besos que deposita sobre sus ojos no la vuelven a la vida. Por fin los separan; el tambor cesa de batir, la escolta se detiene. Mi madre ha vuelto en sí; sus ojos se abren asustados y se pasean sobre todo lo que la rodea. Aun es dichosa... No se acuerda de nada... pero una descarga hiere sus oídos y cae de nuevo desmayada. ¡Mi padre ya no existe!

»Habían pasado tres meses desde aquel día, cuando fueron a buscarme al colegio para llevarme al lado de mi madre. Estaba detenida en una casa de reclusión y yo me presenté a ella entre bayonetas. Mi corazón no olvidará jamás la tristeza y el espanto que le sobrecogieron cuando, a través de aquel terrible aparato y detrás de aquellos hombres odiosos cuya sola mirada me hacía estremecer, reconocí sobre un montón de paja negra a mi madre, pálida, desfigurada, moribunda. Me arrojé en sus brazos llorando con todas mis fuerzas, y preguntándole por qué la habían encerrado allí y por qué la trataban de aquel modo. Ella me dijo sin llorar, pero sus ojos estaban enrojecidos, lo que acabo de contarle, y como yo no tenía ya nada más en el mundo que la piedad de mi madrina, finalmente, con una voz apagada que arrancaba de su pecho con grandes esfuerzos, me dijo: «Hija mía, mi pobre Adela, mi único amor, Dios te proteja... y cuando El, en su bondad, te dé un esposo... ¿Lo oyes bien, hija mía?—añadió levantando la cabeza y tomando un tono de voz lúgubre y grave que aun resuena en mis oídos—, ¡que ese esposo vengue a tus padres y que, a cambio de la sangre de tu padre asesinado, tome la sangre de Maugis!»

Ante este nombre todos mis miembros se estremecieron, y Adela, que atribuyó mi agitación a otra causa, continuó su relato:

«—Yo no quería abandonar a mi madre en el estado en que se hallaba y permanecí sentada sobre la paja hasta la hora de cerrar los calabozos. Pero entonces, uno de los carceleros me sacudió bruscamente y me dijo que no podía sentarme allí. Mi madre parecía dormida; su tez estaba coloreada y su respiración era rápida. Yo temí despertarla si la besaba, y me contenté con poner mis labios sobre un extremo de su vestido. Después, me hicieron entrar en la habitación del conserje, que permitió que durmiese con sus hijos; pero yo no pude dormir a causa de mi disgusto y de los ruidos que oía. Apenas me di cuenta de que se abrían las puertas, corrí a la habitación de mi madre. Entro, busco, llamo, pregunto; ya no estaba allí. Me dijeron que se la habían llevado. ¿Muerta? Lo cierto es que ya no he vuelto a besar a mi madre.»

Así se terminó, mi querido Eduardo, la historia de los padres de Adela; y muchas veces, durante su relato, mis lágrimas se unieron a las suyas. Sobre las consecuencias de esta confidencia y sobre las ideas nuevas, que ha hecho nacer en mí, te abriré sinceramente mi corazón y pronto te hablaré con el abandono sin reservas a que me da derecho nuestra fraternal amistad. Por hoy, confórmate con tus propias sensaciones... Ya comprenderás, mi querido Eduardo, que es un holocausto que debo a la virtud, al honor y al amor. ¿No habrá nadie que me diga quién es Maugis?

19 de mayo.

Es tiempo ya de que alivie mi corazón del peso que le embarga. Estos días se me han hecho tan largos, como cortos los hubiera querido mi impaciencia. ¿Qué consideraciones me detienen? me preguntaba yo, y puesto que toda mi dicha es ella, ¿quién me impide cerciorarme de su amor? No obstante, te lo confesaré, me parece que olvido mis resoluciones cada vez que llega la ocasión de llevarlas a cabo, y así he llegado hasta hoy. Te contaré el acontecimiento que ha triunfado de mi indecisión.

He leído una novela nueva, cuyo héroe me ha conmovido—sea que su situación tenga con la mía esas relaciones que nos identifican a nuestro pesar con un desconocido, sea que se parezca algo al hombre que yo hubiera querido ser si esto hubiese dependido de mí. Y no es que yo apruebe absolutamente los caracteres novelescos, sobre todo en una sociedad bien organizada, donde están casi siempre fuera de lugar por su loca exageración y necia ingenuidad; pero hay ocasiones en que el capricho de la imaginación más extravagante vale más que todo aquello que uno está obligado a ver a su alrededor y que es como una compensación de todas las tristes realidades del mundo. Viniendo al hecho te diré que mi juicio sobre este héroe imaginario había sido para la brillante Eudoxia un motivo inagotable de ironías, mientras que el título de la novela excitaba cada vez más la curiosidad de Adela, y aunque bien convencido de que nada hay más pernicioso para la curiosidad de una joven cuya sensibilidad comienza a desarrollarse que la lectura de una obra de ese género, y sabes tú, además, que no entra en mi manera de ser calcular el efecto que podría producir sobre un alma ingenua y tierna—¡combinación cobarde y odiosa cuya sola idea me subleva!—no he podido negarme a dejarle ese libro; ¡tanto es el poder que ejerce sobre mi voluntad el menor de sus deseos! Hoy, cuando ya empezaba a impacientarme de la tardanza de Adela en pasar por el bosque, y recorría agitadamente el sendero que conduce a Valency, la he visto venir con el aire preocupado, la cabeza inclinada y el libro en la mano. Tan pronto como me advirtió, me lo devolvió con una sonrisa triste y echó a andar a mi lado sin decir nada. «Y bien—le dije yo—, ¿qué piensa usted de ese loco, de ese insensato cuyo solo nombre subleva a la señorita Eudoxia? ¿Le parece a usted tan odioso?» Adela no me contestó nada, pero algunas lágrimas rodaron por sus mejillas y su mano tembló en la mía. «¡Oh mi buena Adela!—exclamé yo—, dichoso el corazón que sea el preferido del tuyo, ¡mil veces dichoso el hombre a quien ames!» Y llevé con pasión aquella mano que retenía a mis labios. «¡Qué hace usted, Gastón, señor Gastón! ¡qué hace usted, en nombre del Cielo! Déjeme—continuó con voz alterada—, ya sabe usted que soy Adela Evrard.» Mi pecho estaba hinchado, mi cabeza turbada, mi respiración anhelante. «Adela, hermana mía, esposa mía, mi bien amado, único objeto de todos mis pensamientos, único encanto de mi existencia, mi consuelo, mi esperanza, eso es lo que eres para tu Gastón.» Y mis lágrimas, lágrimas deliciosas, regaban mis mejillas. Sintiéndome vacilar, me senté en uno de los bancos que, como ya te he dicho, rodean la glorieta, y apoyé la cabeza sobre mis manos. Pasado algún tiempo levanté los ojos, y vi a Adela de pie y vuelta al otro lado, que confeccionaba un ramo de flores. Me levanté, fui hasta donde estaba y le pasé dulcemente un brazo alrededor del cuello, sin osar decir nada.

«Vea usted—me dijo—, vea usted las hermosas flores que he cogido; quisiera saber cómo se llama ésta.» Era la encantadora flor que se llama la silvia, porque no prospera más que en los lugares salvajes y a la sombra de los bosques. Me acordé de la linda estrofa del poeta alemán y la repetí en voz alta:

«Es la silvia, la fresca silvia, la dulce anémona de los bosques. No hay ninguna florecilla que pueda rivalizar contigo en gracia y en belleza, cuando tú balanceas al soplo del aire tu corona blanca y rosada. Toda la pompa de las otras flores, sin exceptuar a la rosa, no puede compararse con tu modesta belleza. Tu tallo enervado es el emblema de la melancolía, y la movilidad de tu cáliz flotante expresa las agitaciones de un corazón joven. Que el Cielo, ¡oh la más amable de las flores!, multiplique a tu alrededor la blandura de los tapices húmedos, la frescura de las nuevas sombras y el soplo de los nuevos céfiros. Esta silvia, la fresca silvia, la flor de la soledad y de la primavera, la dulce anémona de los bosques.»

Adela había olvidado ya su ramo e iba a dejarlo caer de su mano, cuando yo me apoderé de él para llevarlo sobre mi corazón. Entonces me dijo dulcemente: «Gastón, no volveré más.» No obstante, nuestro paseo fue tranquilo. Y lo que es más singular, es que nuestra conversación era tan vaga, como si se hubiese tratado de dos personas extrañas, y, sin embargo, no hay ninguna de esas palabras indiferentes cuyo recuerdo no me abrase el corazón. Cosas que no me hubieran parecido dignas de atención en otras circunstancias; ¡producían sobre mí una impresión tan extraña! ¡Oh encanto delicioso que lo anima todo, que lo embellece todo, que esparce sobre la vida una luz de divinidad! Y los mismos sentidos, alucinados por la embriaguez del alma, no sueñan más que perfumes, luces, melodías celestes. Es el ideal de un paraíso.

Ya oigo la eterna cantinela del prejuicio que grita a mi oído: «Es la hija ilegítima de Santiago Evrard. ¡Gastón, ésa es tu amante!» Sí, es la hija ilegítima de Santiago Evrard y ése es, Adela mía, el más precioso de tus títulos. Cuanto más desgraciada hayas sido, más delicias hallaré para colmar tu porvenir de una dicha sin vicisitudes. ¡Ilegítima! ¿es que el amor, la constancia, la gloria, los mismos deseos de tu abuelo, no te han legitimado ya? Esa ceremonia fría y seria que se llama el matrimonio, ¿hubiera ornado mejor tu nacimiento que el último beso que se dieron tus padres ante Dios, el pueblo y los verdugos, que el sacramento de sangre que los unió en la eternidad?... ¡La hija de Jacobo Evrard! Campesino o soldado, ningún hombre le ha superado en nobleza, y si la nobleza es el premio de las más raras acciones, ¿el que la transmite a los suyos no es más noble que el que la recibe de él? ¡Nacer noble es obra del azar! serlo por su valor es la más alta fortuna del heroísmo. ¡Un campesino! dicen. ¿Es que no sabéis, ridículos seres, que la nobleza data de las grandes revoluciones políticas, que nace, envejece y se renueva con los imperios? La verdadera nobleza, como se entiende, en las monarquías, nace con un rey y muere con él. No brilla más que alrededor de un trono que se eleva o de un trono que cae. Los guerreros que levantan un rey sobre su bandera, los guerreros que mueren con su raza, he ahí a los nobles. Yo no reconozco más títulos que los que se han sellado con la espada o sancionado en el cadalso. El resto no es más que un estado llano ilustrado con cartas de nobleza.

Además, ¿qué importa en la situación actual de la sociedad? Después de un orden de cosas que ha terminado, no son los nobles los que quedan, sino los héroes. Nadie se preocupa más ahora del padre de Coriolano que del de Espartaco.

Y después de todo, ¿tengo necesidad de buscar tantos razonamientos para justificar lo que en mí es ya una resolución invariable? ¿No basta para mí y para todos los que me aman que este afecto sea el único capaz de hacerme gozar de una pura felicidad? ¿Cederé al temor de los rumores imbéciles del populacho distinguido? ¿Careceré de fuerza para desafiar la censura de esos corazones estériles, llenos de orgullo y de egoísmo, las burlas de alguna mujer altanera, el desprecio de algún miserable enriquecido?

No, Eduardo, no, porque me siento libre.

Ya sé que será preciso evitar, huir de esa sociedad cuyo aprecio tanto buscan los otros, y que prodiga éste o lo retira de acuerdo con las reglas más extrañas y más inciertas. Tanto mejor. Yo siempre he aspirado a circunscribir mi vida, a encerrarme en el círculo de algún afecto, a no dar a las conveniencias y a las costumbres comunes más que aquello que no les puedo quitar. Trataré de vivir para mí. Y ahora pueden venir a estrellarse alrededor de mi retiro, como al pie de una roca inquebrantable, todas las tempestades del mundo, y desvanecerse, sin llegar hasta mi corazón, los murmullos insensatos del odio y de las prevenciones. ¡Cuánta piedad me inspiran esos desgraciados atormentados por la necesidad de vivir en contacto con todo lo que les rodea, que marchan apresurados en medio de la multitud, apartando penosamente lo que se opone a su paso, empujando a los débiles o pisoteándolos, y siempre dispuestos a sacrificar víctimas humanas a sus prejuicios, como los bárbaros a sus dioses!

25 de mayo.

Estos últimos días tienen la frescura de uno de esos sueños consoladores que uno teme ver acabar; y cuando pienso que ya hace muchas semanas que dura este encanto y consulto con mi corazón para convencerme de que no es una de esas ilusiones acostumbradas, una multitud de presentimientos terribles se acumulan de pronto en mi pensamiento y descubro en mí una conciencia vaga, pero infalible, de una gran desgracia futura. Oigo decir a muchas gentes, deplorando la muerte de un amigo, que la muerte no quiere más que a los dichosos y que es bien cruel ser herido por ella en medio de la juventud y de los placeres, en el mismo instante en que todo comienza a sonreírnos y a halagarnos. Y, no obstante, es entonces cuando deberíamos morir, antes de que el telón descendiese sobre nuestras quimeras, cuando el encanto dura aún y el bien pasajero de que disfrutamos no se ha convertido en irreparables dolores. Con frecuencia me siento poseído de una alegría tan poderosa que entonces reúno todas las fuerzas de mis sentidos para gustar la posesión de este presente fugitivo y fijarlo por un momento. En ese estado quisiera morir.

¿Concibes tú cuán amarga y cuán espantosa es la muerte de un infortunado que lo abandona todo; desengañado de la existencia, asustado de la nada, rechazando, para morir más tranquilo, algún dulce recuerdo cuyo contraste haría aún más horrorosa su agonía, y exhalando el último suspiro entre unos brazos fríos y sobre un pecho que no se agita?

Yo quisiera morir, yo quisiera haber muerto hoy.

Ella estaba allí—contra mí, inclinada sobre mi pecho y llorando de emoción. «Sí, le he dicho—, ante Dios y ante los hombres prometo no tener otra esposa.» «¡Cállese!—ha exclamado—, Gastón no es un perjuro y, sin embargo, promete ante Dios una cosa que nada puede hacer posible.» «¿Qué obstáculo puede haber?» «No, Gastón no puede ser el esposo de Adela. Gastón no es un hombre del pueblo, oscuro y pobre; el esposo, el único esposo que conviene a mi estado y a mi indigencia.» «Gastón será el esposo de Adela, he dicho yo. Es una reparación que te debe la Providencia. Yo pagaré la deuda de la sociedad.» Yo le he dicho, Eduardo, y lo juro por mi honor, que es preciso que ese deseo se cumpla.

Estábamos tan preocupados, que a poco nos sorprende el crepúsculo en el bosque. Al dejar a mi Adela he querido, he osado estrecharla otra vez en mis brazos. Uno de los suyos me rechazaba débilmente, el otro me retenía... Un deslumbramiento semejante al que produciría la claridad de un meteoro ha turbado de pronto mi vista, mi cabeza se ha inclinado y mi boca se ha encontrado con su boca. Una oleada de fuego ha descendido hasta mi corazón. ¡Incomparable voluptuosidad! ¡Es un beso de Adela, la huella, la dulce huella de sus labios, la que reposa sobre los míos! ¡Oh! la conservaré entera, inalterable. No la borraré jamás. ¡Que perezca el día en que profana esa preciosa prueba de amor, en los labios de otra mujer; el día en que una boca inanimada, insensible, marchite la flor húmeda de tu beso! ¡que se aniquile mi alma antes que yo cometa tal sacrilegio!

¡Qué difícil de soportar es el peso de mis sensaciones! ¡Quién hubiera creído que tuviese tantas fuerzas para la dicha!

27 de mayo.

Jamás he vivido tan rápidamente, jamás me he visto obsesionado por tantas preocupaciones. Un solo día de mi vida actual reúne tantos sentimientos tumultuosos, temores, esperanzas, alegrías, tormentos, proyectos, irresoluciones como el resto de mi existencia pasada. No encuentro mejor comparación para este estado que el de un febricitante cuya imaginación enferma, extraviada en un mundo desconocido y perseguida por reminiscencias confusas, pasa al azar de un objeto a otro, une bajo el mismo punto de vista los contrastes más extravagantes, las imágenes más disparatadas, y se pierde en esas transiciones sin motivo y sin fin, tan incapaz de formar juicio de sus sensaciones como de elegirlas. Si de cuando en cuando me atrevo a razonar, el minuto que sigue me desilusiona y estoy como un alma en pena suspendida por los espíritus malignos entre un cielo y un infierno.

Yo había acompañado a mi madre al castillo de Valency, donde debíamos encontrar la sociedad acostumbrada, y, por consiguiente, al señor de Montbreuse, cuyas asiduidades tienen, quizás, algo de notable. Era natural que la conversación recayese sobre el asunto más propio, a interesar, en aquel círculo orgulloso, la vanidad de todos, y no me extrañó, por lo tanto, ver renovar la eterna tesis de la superioridad moral de la nobleza. Pero he aquí que después de haber sentado en principio que únicamente entre nuestra clase se encontraban esas delicadas ideas del honor y esa elevación de carácter y de sentimientos que son el fruto de una educación adecuada a nuestro destino social, han asaltado el edificio novelesco de las falsas virtudes del estado llano y las han reducido implacablemente a un simple espíritu de emulación, de la cual nosotros tenemos también el honor de ser el vehículo: disertación que, seguramente, no me hubiera sacado de una meditación completamente extraña a lo que allí se decía, ni a propósito de la inalienable bajeza de los parias de Europa y de la poca confianza que había que tener en las costumbres del pueblo, no hubieran citado... ¡Gran Dios, mi sangre hierve al sólo recordarlo!... Se trataba de esa joven educada con tanto cuidado a la vista de Eudoxia, que hubiera respondido ciegamente de su inocencia... ¡Se trataba de Adela!... A este nombre perdí los estribos y, con un tono de voz que denotaba más cólera que curiosidad, pregunté el crimen que había cometido. «Casi nada —dijo Eudoxia—, una de esas cosas para las cuales su filantropía sentimental de usted reserva seguramente toda su indulgencia; una de esas pasiones decentes y platónicas que producen tan buen efecto en los dramas y en las novelas; un noble y tierno afecto por algún palurdo de la aldea inmediata, al cual va a hacer todos los días inocentes visitas que acabarán Dios sabe cómo. Ya ve usted que esto no vale la pena ni de decirlo; pero no encontrará usted menos justo que yo la arroje de mi casa, mientras espero que sus elocuentes declamaciones me hayan desengañado del todo de ciertos miserables prejuicios a los que tengo la debilidad de atenerme aún un poco.» «Ese sarcasmo es injusto—le he contestado—en un asunto como éste, en que se trata nada menos que de perder para siempre a una joven irreprochable; pero no es a mí a quien toca justificarla, y no dudo que la señora priora hará el sacrificio de su modestia a un interés tan precioso; ella conoce el motivo que conduce todos los días a Adela a la aldea, y la ironía ha encontrado, sin saberlo, la expresión justa cuando ha calificado de inocentes visitas el viaje oficioso de la caridad.»

La priora estaba presente y a mí me extrañaba que no me hubiese ya interrumpido. ¡Figúrate mi dolorosa sorpresa cuando al fijar mis ojos en ella vi que los suyos estaban humedecidos por las lágrimas y que me miraba con un aire inquieto, como para penetrar mi intención y adivinar lo que yo había querido decir: «¡Qué, señora!—añadí—, ¿no iba por orden de usted para llevar algún encargo de usted?...» Un signo negativo... y ni una palabra, como si la hubiera costado demasiado condenarla más positivamente. Confieso que no esperaba semejante golpe y que hube de salir para ocultar mi desesperación y mi confusión.

Me interné en el bosque sin saber a ciencia cierta a dónde iba, pero impaciente por alejarme del lugar que dejaba y por quedarme solo con mis pensamientos; hubiera sido dichoso en aquel momento si hubiera podido aislarme también de mis pensamientos, y si hubiese bastado un acto de voluntad para borrar el pasado. En fin, sea que la casualidad lo hubiese decidido así, sea que me hubiese dirigido hacia aquel punto sin darme cuenta de mi deseo, me encontré cerca de la aldea a donde tenía costumbre de acompañar a Adela y reconocí la miserable choza donde tantas veces la viera entrar. Me era tan fácil informarme exactamente en aquel lugar, tenía yo una necesidad tan grande de quedar tranquilizado—o convencido, porque mi alma tiene mayor energía para la desgracia que para la incertidumbre—, estaban tan comprometidos mi vida y mi honor en aquel misterio, que no vacilé en entrar en aquella pobre casa, sin pensar siquiera en la impresión que podría producir en el estado de agitación en que me hallaba.

La familia estaba reunida en una habitación bastante espaciosa, y todo anunciaba la indigencia. Un anciano de aspecto respetable estaba acostado en un rincón sobre una tarima cubierta de paja, y a su lado una mujer, también vieja, le hacía beber un brebaje y volvía de cuando en cuando la cabeza para enjugar una lágrima. Una niña de diez o doce años había dejado su rueca para tapar las piernas del enfermo con un trozo de alfombra vieja que le servía de manta. Dos o tres niños indiferentes a aquel espectáculo, jugaban sobre el umbral de la puerta a los rayos del sol poniente, con una alegría tan llena de franqueza y de despreocupación, que se me oprimió el corazón. Me senté al extremo de un banco roto y traté de recoger mis ideas para saber lo que tenía que decir; pero cuanto mayor era la impaciencia de saber la verdad de todo lo que me inquietaba, mayor era también el temor de saber algo que pudiese destruir todas mis ilusiones a la vez. Estaba arrepentido de haber ido.

Por fin me decidí y pregunté a aquella buena mujer si tenía hijos. Me parecía que sentiría menos el golpe que esperaba si lo iba recibiendo poco a poco. «¡Ay!—me respondió—, no tenemos más que uno que es para nosotros un continuo motivo de disgusto. Dios le ha dado una terrible desgracia. Está enfermo de epilepsia desde la edad de diez y ocho años y no puede trabajar. Los médicos han renunciado a curarle—añadió llorando—, y esto ha aumentado su tristeza, con lo cual aun ha empeorado. Tenía también una hija que estaba casada, pero su marido fue muerto en la guerra cuando iba ascender a suboficial, y ella pronto hará también seis meses que murió. Estos niños son suyos.» Los niños se habían agrupado detrás de mí. «Es una desgracia muy grande—le dije yo—, pero al menos a usted la socorren. Yo creo que esta aldea pertenece al señor de Montbreuse, y que el castillo es suyo también. Es un hombre sensible y caritativo que no deja padecer a los pobres.» La mujer no dijo nada, pero me miró con extrañeza, y sin hablar de Montbreuse empezó a bendecir a las buenas almas que la amparaban. Los nombres de la señora priora y de Adela, estrechamente unidos en un reconocimiento, acudieron muchas veces a sus labios con tal convicción que yo no podía dudar de su sinceridad. Después de haber dejado lo poco que contenía mi portamonedas en aquella triste mansión de la indigencia, salí un poco más tranquilo, pero aun sintiendo mucha incertidumbre.

A cierta distancia de la casa, ya cerca del bosque, vi a un hombre de elevada estatura, cuyo rostro denunciaba unos treinta años, pálido, con la cabeza inclinada, los brazos caídos y los hombros cubiertos de largos cabellos negros. Al mirarle más atentamente, vi en sus ojos extraviados un aire de melancolía sombría que me hizo comprender que se trataba del hijo de los infortunados que acababa de dejar. «¿Qué tal, amigo mío—le dije—, te encuentras ahora mejor?» «¡Oh! yo creo que estaré mejor—contestó—cuando los árboles cambien la hoja, y cuando los prados vuelvan a verdear como antes; pero, me parece que por esta vez no habrá primavera. El sol es blanco y frío, las flores no tienen fuerza para abrirse y no se oyen en el campo más que pajarillos piando en los breñales. ¡Antes había un aire tan dulce, tan agradable cuando empezaba a caer la tarde y me gustaba tanto cuando agitaba mis cabellos! Ahora son brisas que lo secan todo y me espanta el ruido que hacen cuando rechinan en las ramas muertas. Si yo pudiese solamente volver a ver una primavera como las de mi juventud, me parece que me curaría, pero no las veré ya.» Quise hablarle de Adela y me interrumpió poniendo un dedo sobre sus labios. «No hay que nombrarla tan alto—me dijo—, podría desvanecerse.

Los ángeles no hacen más que pasar sobre la tierra. Jamás se les ha visto envejecer. ¡Dios los envía alguna vez para consolar a los pobres y a los enfermos, pero los vuelve a llamar pronto a su lado! Cuando mueren, lo hacen con una sonrisa de alegría, porque les place volver al sitio de donde han venido. Si usted encuentra alguno por casualidad, tenga cuidado de no perderlo de vista ni un momento, porque ya no volvería a verlo.»

Cuando acababa este discurso se había arrodillado sobre una roca en actitud de orar. Me alejé de allí sin que él se diese cuenta, reflexionando sobre todas mis emociones del día, e incierto aún sobre lo que debía hacer, pero bien persuadido de la inocencia de Adela.

Cuando regresaba al castillo de Valency, la vi que se dirigía lentamente hacia el vestíbulo, por el lado de la escalera que conduce a su habitación. Corrí hacia ella y, asiéndola bruscamente de un brazo, la arrastré, sin decirle ni una palabra, hasta el salón donde aún estaban todos reunidos. Sin preocuparme de lo que pensarían ante mi actitud, la presenté ante ellos gritando: «Hable usted, señorita, y justifíquese de las sospechas que su conducta ha despertado. Si usted va todos los días a la aldea del bosque es, efectivamente, para llevar socorros, porque yo acabo de comprobarlo; pero diga usted cómo es posible que, siendo dados esos socorros en nombre de la señora priora, ella lo niegue, y qué secreto hay en todo eso.»

Después me he dejado caer en un sillón y he cubierto mis ojos con una mano, temblando de impaciencia por saber lo que ella contestaría.

Mientras tanto, Adela se había arrojado a las rodillas de la priora que regaba con sus lágrimas. «Perdone usted que me haya atrevido a servirme de su nombre. Al fin y al cabo eran sus beneficios de usted los que yo repartía, porque todo lo que poseo es de usted; pero, conmovida ante las desgracias de una pobre familia y no queriendo aumentar más aún sus cargas, que hartas limosnas hace usted, he acudido a mis recursos para gozar también del placer de hacer bien. ¿No hubiera sido una injusticia que recogiese yo todo el fruto robándole un reconocimiento al cual sólo usted es acreedora? ¿Qué podría hacer yo por los desgraciados si usted no hubiese hecho tanto por mí?»

¡De qué peso no libró a mi pecho aquella explicación! Todos estaban emocionados, cohibidos; mi madre, el señor de Montbreuse, Eudoxia misma, guardaban un silencio respetuoso. Tal es el imperio de la bondad y de la inocencia. No había ni una de aquellas almas soberbias que no se humillase involuntariamente ante aquella joven un momento antes despreciada. En cuanto a la señora Adelaida, había levantado a Adela, e incapaz de expresar de otro modo su alegría, sollozaba estrechándola contra su corazón, mientras que Adela, confusa, ocultaba entre sus brazos su rubor modesto y su conmovedora emoción.

¡Con qué saña hubiera podido yo devolver las sangrientas ironías con que poco antes me habían asaeteado si hubiera querido aprovecharme de la ventaja que la situación me daba! pero pude contener mi justa indignación, o, mejor dicho, me limité a expresarla por un silencio absoluto. Montbreuse, en quien veo a un hombre de bien, pero a quien una austeridad exagerada de principios, fortificada quizá por algún orgullo natural, hace con frecuencia escéptico sobre la virtud, me ha demostrado, no obstante, con un apretón de manos, que estaba satisfecho de mí. En fin, mi madre, después de algunas palabras triviales, ha pedido su coche y yo la he acompañado. La turbación de su actitud, del embarazo en que la veía, una palabra pronunciada al azar, me han dado lugar a creer que era aquél el momento de enterarla de lo que necesariamente había de saber más pronto o más tarde. Le he hablado de Eudoxia y le he dicho con firmeza que nunca sería mi esposa. Sea que hubiese juzgado bien de las disposiciones de mi madre, sea que le impusiera el tono resuelto de mi voz, insistió menos aún de lo que yo pensaba, y todo me hace esperar que no violentará mis aficiones.

Un asunto indispensable me llama a la ciudad. La fortuna propia de mi madre depende de un pleito que se verá dentro de pocos días y que me ha encargado continúe yo. Mis intereses personales no me hubiesen arrancado de aquí en estas circunstancias, y no sé qué terror involuntario... Las ideas supersticiosas a las que me entrego desde hace algún tiempo, te inspirarían verdadera lástima.

8 de junio.

La ciudad me inspira tal disgusto, que la he abandonado tan pronto como me ha sido posible volver a mi vida solitaria. Otros sentimientos han contribuido a apresurar mi regreso. Sentía impaciencia por volver a ver a Adela y por buscar los medios de no separarme ya de ella. Los días del hombre transcurren tan rápidamente, que no hay más que una preocupación bien inexplicable que pueda distraernos del cuidado de embellecerlos.

El proceso de mi madre yo lo veía claro, lo que no ha sido obstáculo para que lo perdiese con todos los pronunciamientos, de modo que ha quedado completamente arruinada. Yo le he ofrecido toda mi fortuna y le he hecho un homenaje que me ha costado bien poco. De ahora en adelante podrá disponer de ella sin responsabilidad, sin obstáculo; esto es un sacrificio, pero hay ciertamente sacrificios que son placeres. ¿Qué necesidad tengo yo de lo superfluo, de la opulencia? Yo soy un rico de gustos sencillos y de deseos moderados. Una finca cómoda que produzca un poco más de lo necesario, un jardín no muy vasto, pero bien ordenado; un bosque, tampoco no muy grande, por el cual pueda pasear mis ensueños; una casita modesta, lo que no impide que pueda ser elegante; y a mi alrededor una hermosa naturaleza, una variedad pintoresca de sitios solitarios, una campiña fecunda que pueda nutrir a sus habitantes, y, si es posible, que me sea dable aliviar la miseria que vea; ¿qué hace falta más para ser dichoso? Mi imaginación no entra para nada en este deseo. Yo soy bastante rico para elegir, y ésa es la elección que hago. Añade a esta perspectiva una esposa como Adela, un amigo como Eduardo, o, mejor dicho, mi Adela y mi Eduardo, ellos mismos, porque no hay otros para mi corazón, y tendrás una idea de mi retiro encantado, del Edén que espero.

Olvidaba decirte que el contrincante de mi madre es uno de mis parientes lejanos, el viejo conde de Seligny, que con tanta distinción sirvió en nuestro ejército. Este hombre verdaderamente venerable me ha demostrado un interés casi paternal del cual me siento orgulloso. Me ha dicho también que si mi madre no se hubiese dejado engañar por las gentes que la rodean, él la hubiera dejado la mayor parte de las fincas litigiosas, pero que, a pesar de lo ocurrido, no había cambiado de manera de pensar y que estaba dispuesto a verla, ya fuese para proponerla un arreglo, ya sea para ajustar los lazos que las disensiones habían rebajado en demasía. Ha añadido que podría ser muy bien que yo no fuese extraño a su plan, pero que esta última cláusula estaba subordinada a ciertos informes que tenía que recoger en una aldea de los alrededores.

Hemos hecho, pues, el viaje juntos, hablando con calor de nuestros hechos de armas, de las batallas en que nos hemos encontrado, de los vicios de nuestra organización militar y de los motivos que han hecho esta guerra, de la cual hemos sido actores, tan desastrosamente inútil. El señor de Seligny razona de estas cosas con un sentido recto y justo, y sus opiniones han rectificado singularmente las mías sobre muchos hechos acerca de los cuales algún día tendré ocasión de hablarte.

Al pasar por delante del castillo de Eudoxia me he abalanzado a la ventanilla para ver la ventana de la habitación de Adela, en el ángulo del edificio. Me ha molestado no verla, como si ella supiese que yo tenía que pasar por allí. Hoy ya no podré verla porque hemos llegado demasiado tarde, y, además, tengo demasiado que hacer para poder permitirme una hora de ausencia; y, no obstante, necesitaría una de sus miradas para disipar los terrores que me persiguen desde que me separé de ella. ¡Dios mío, abreviad esta noche!

9 de junio.

Eduardo, ¿qué han hecho de mí? todas mis ilusiones han quedado destruidas... Mi corazón ha sido cruelmente herido...

No necesito ya más, Eduardo, que una fosa en la que pueda dormir eternamente; porque es el sueño de la nada el que yo imploro. ¡Quiera el cielo ahorrarme el cruel beneficio de una inmortalidad que eternizaría mi dolor y mi humillación!...

He aquí lo que me han dicho en el castillo de Valency; ¿por qué no habría de comunicártelo fríamente?...

La tal Adela me ha engañado; así, al menos, me lo han dicho. ¡Desgraciado de mí! Es imposible dudarlo, pero tú también buscarías algunos razonamientos para no creerlo. Amaba en secreto a uno de los domésticos de Montbreuse, un hombre vil, innoble, odioso, en el cual yo nunca me había fijado. ¿No es sorprendente que esto me haya pasado inadvertido, a mí, cuyo corazón se alarma tan fácilmente? ¿Me hubiera hecho traición si yo la hubiese amado con menos confianza, con menos abandono? Ella, no obstante, me amaba... ¿cómo ha podido dar este espantoso premio a mi ternura? Las almas más frías se hubieran confiado como la mía. El mismo Montbreuse ha dicho que no esperaba esto. Candor celeste de la virtud, ¿no eres más que una quimera?

Ese doméstico ha pedido su sueldo y al día siguiente han partido para ir a casarse a otro sitio; esta atención tengo que agradecerle: es todo lo que ha hecho por mí.

Así, de pronto, nada parece más falso que lo que te estoy diciendo.

Daría mi vida por creer que, efectivamente, es falso, que ella es inocente; ¡sería tan dulce morir con esta idea!

Ha partido sin avisar a nadie; hubiera tenido que avergonzarse demasiado. No ha visto siquiera a su madrina, a su madrina que tanto la llora. Yo no la lloro, la indignación no llora; la lloraría si hubiese muerto.

Hace cinco días que partieron; no hay nadie en la aldea que no los viese. Para cerciorarme más he enviado a Latour y le han dicho que la habían reconocido; llevaba un velo puesto, pero con la cara destapada; los niños la siguieron con la mirada hasta el bosque.

Me parece que la venganza me aliviaría; pero, ¿qué venganza puede tomar un hombre como yo?... ¡Un hombre como yo!... ¡Maldición!... Quizás es eso lo que ella ha temido y se ha arrojado en brazos de un igual suyo para escapar de un hombre como yo.

¿Qué había hecho yo para merecer semejante ultraje? ¡Ah! ¡si ella supiese lo que cuesta verse abandonado, buscar lo que se amaba y no volverlo a encontrar! ¡Cuán agradecido le estaría si con una puñalada por detrás—ese cobarde asesinato no tendría nada de temerario para la mano de una mujer—se hubiera dignado evitarme los tormentos que me devoran!

Si ella pudiese verme un momento, si conociese el menor de mis dolores, se vería obligada a confesar que el odio más implacable...

¡Una noche tranquila, silenciosa, bella y encantadora para los dichosos! ¡Sólo yo destruyo esta inmensa armonía! ¡Yo solo, perdido, abandonado, olvidado de Dios, que me ha retirado su protección!

10 de junio.

Todo contribuye a amargar, a envenenar mi desesperación. Es espantoso enterarme de circunstancias que nunca nos hubiéramos atrevido a prever ni a desear, circunstancias que hubieran superado a nuestros mayores deseos, sucederse, multiplicarse a nuestro alrededor, cuando todo nos está prohibido, cuando de la dicha que ellas nos hubieran augurado no queda más que un recuerdo pesaroso.

Figúrate tú que el señor de Seligny es el padre de la infortunada de quien Adela recibió la vida. El matrimonio de Evrard y de Angélica estaba ya decidido, y, sin la infame perfidia de Maugis, esta familia viviría dichosa. Apenas entrado en posesión de sus bienes, el conde creyó que nada podría hacer más agradable a la memoria de su infortunada hija que dedicar al fruto de su unión toda la ternura que antes había tenido para ella y consagrar sus derechos de heredera por una adopción solemne. Estaba dispuesto a recuperarla de las manos en que la confiara, a restituirle las ventajas de su nacimiento y de su fortuna y a reparar a fuerza de cariño las penas de su infancia. Además, había pensado que mi padre no vacilaría, en estas condiciones, a acceder a mi unión con Adela. Ella había, en efecto, consentido, y aquella misma noche debían llamarme para informarme del proyecto. El conde también estaba en mi casa y figúrate con qué golpe imprevisto herí al pobre anciano cuando, con el corazón y los ojos llenos de lágrimas, sofocado por la vergüenza y el dolor, me abracé a sus rodillas gritando: «Renuncie usted, renuncie usted a un proyecto que la ingrata ha tirado por tierra, a una esperanza que ha desvanecido con su conducta. ¡Adela no es digna de su padre ni de su amante! Ama a otro hombre y ya es su esposa.»

No hay expresión que pueda dar idea de la amargura de mi corazón al repetir los detalles que tú ya conoces. Me parecía que no pronunciaba una palabra en la cual no estuviese escrita mi sentencia, y hubiera deseado que mi pecho se rompiese para evitarme el horror de la humillante revelación.

Su padre—¡qué rubor se ha elevado sobre su venerable frente!—confundía sus lágrimas con las mías y sollozaba en mis brazos. «Gastón—me ha dicho después de un largo silencio—, no habré perdido más que a Adela. No por eso dejará usted de ser mi hijo. Los lazos que me retenían a la tierra se han roto. Ahora es únicamente usted el que me retiene. Prométame que no abandonará usted a su anciano padre y que le permitirá morir a su lado.»

Yo he caído a sus pies y le he pedido su bendición.

Mi madre también estaba conmovida y me ha besado. Yo dudaba que su sensibilidad, embotada por el comercio con espíritus mezquinos, pudiese renacer a las dulces emociones de la naturaleza. He encontrado en su beso toda el alma de una madre, y este descubrimiento me hubiera causado alegría, si yo aun hubiese sido capaz de sentirla. ¿Por qué Adela nos ha abandonado cuando íbamos a ser tan felices?

Yo sé, Eduardo, por qué nos ha abandonado. Porque no era a mí a quien amaba.

11 de junio.

Yo, para quien Adela lo era todo; yo, que hubiera dado cien veces la vida por evitarle el más ligero disgusto, a mí, en fin, es a quien ha sacrificado indignamente. ¡Y es que ella no me amaba a mí!

Obstáculos que parecían invencibles y de los que la misma imaginación se espanta, la distancia de nuestra posición, el tener que rehusar la mano de Eudoxia, las censuras de la gente, el orgullo de mi madre, su maldición tal vez; ¡qué porvenir más siniestro y más amenazador!

Todo se ha allanado, sin embargo, y yo, más desgraciado que antes, querría comprar al precio de toda mi sangre derramada gota a gota, uno de esos instantes de angustia que no supe apreciar.

Querría volver a verte como te había visto, estrecharte, enlazarte entre mis brazos, desflorar con mis labios una de las trenzas de tus cabellos—querría oír tan sólo el rumor de tus ropas al rozar con los matorrales, el ruido de tus pasos sobre las hojas secas, como cuando en el recodo de un sendero, ese ruido me anunciaba tu presencia—. ¡Ay! ¡yo querría que me fuese dable perseverar en el error, creer aún en tu amor, no haberme desengañado!

¡Si al menos perdiese la razón!—¡Los que deliran se hacen unas ilusiones tan extravagantes! ¡Quizás así la vería!

El mismo día.

Latour acaba de entrar en mi habitación. Ha creído ver al amante de Adela, al hombre que, según se dice, la ha hecho huir de aquí. El miserable ha tratado de evitar sus miradas y se ha substraído a sus preguntas apelando a la fuga. Latour, a quien yo he informado de todo lo concerniente a Adela, persiste en dudar de su traición. ¡Que no pueda yo dudar también!

En ciertos momentos, no obstante, yo creo... ¡Qué digo yo y cuál no es mi ceguera! Estoy en el caso del viajero que por la noche pierde pie al borde de un abismo espantoso y se ase a lo primero que encuentra. Un débil arbusto, una mata de hierba, un junco, el punto de apoyo más falso y más incierto le basta para reconciliarse con la esperanza; pero bien pronto se le escapa todo a la vez y desaparece para siempre.

15 de junio.

Ven a mi lado, Eduardo, no te fatigaré más con mis pesares; un día, una hora algunos minutos lo han cambiado todo; soy más dichoso que nunca; sólo tu presencia falta a mi felicidad.

Pero, ¿cómo contarte todo esto sin anticiparte los acontecimientos? ¡Estos últimos instantes están tan llenos de hechos y de emociones! Desde la partida de Adela, yo me había impuesto el fácil deber de substituirla en la distribución de socorros a los enfermos de la choza; oficio bien agradable, Eduardo; esas buenas gentes la han visto también y no me hablaban más que con enternecimiento.

Ayer, aniversario de un día bien doloroso, yo había ido a renovar, en la tumba de mi padre, la ceremonia de duelo, a la cual, ausente y condenado, no había podido asistir la primera vez. Latour debía reemplazarme en mi visita a los pobres; volvió pronto y en un estado de gran agitación. Había encontrado en el camino a una de las niñas de la choza que venía a buscarnos al señor de Seligny y a mí, de parte del señor de Montbreuse moribundo.

Yo no sé si te he dicho que, desde hace algunos días, el señor de Montbreuse parecía haberse retirado de la sociedad y que se había casi confinado en el castillo que posee cerca de aquí; es más propio para alojar las aves de rapiña de la comarca, cuyos viejos torreones son un lugar de cita ordinario. Su ausencia estaba justificada, no obstante, con el pretexto de la caza. Ayer, al franquear un foso sobre el cual había apoyado su escopeta, se disparó ésta y el desgraciado Montbreuse recibió toda la carga en el pecho. Un criado y algunos campesinos lo trasladaron a la cabaña del epiléptico.

Como yo aun tardaría en llegar, el señor de Seligny no quiso perder ni un momento y partió solo a ver al agonizante que, en efecto, parecía expirar, pero, la exclamación involuntaria del señor de Seligny, espantado, que profirió involuntariamente el nombre de Maugis al reconocerle, pareció despertarle por un instante del sueño de la muerte. «¡Maugis!—dijo el infeliz moviendo la cabeza con esfuerzo—; ¡que Dios me perdone!...» «¡Ay!... ¿podrá perdonarle?...»

Después quedó algún tiempo sin movimiento y sin respiración, pero los cuidados que recibió del señor de Seligny y de las gentes de la casa reanimaron un momento su vida y pareció querer hacer una revelación importante, sucediéndose sonidos inarticulados en sus labios: «Adela», dijo. «Sí, ya lo sé», contestó el señor de Seligny tratando de evitarle la dificultad de las explicaciones difíciles. «Adela—continuó Montbreuse—, la hija de Angélica...» «Ya lo sé.» «Adela, la más pura, la más virtuosa de las criaturas...» «¿Y bien?» «Adela, inocente, digna de usted, digna de él... está secuestrada por orden mía...» Maugis no pudo acabar.

No te contaré todas mis angustias de aquella noche. El criado de Montbreuse, a quien Latour había estado a punto de sorprender, informado de la muerte de su señor, ha venido esta mañana a mi casa y me lo ha confesado todo. Montbreuse había urdido esta infame traición con el pretexto de servir los intereses de Eudoxia, que probablemente era extraña a sus manejos; ella había podido creer y, por consiguiente, había tratado de probar a Adela que era una gran desgracia para ella autorizar mi amor, que yo sería más dichoso si ella se alejaba de mí y yo la olvidaba—porque se figuraban que yo la olvidaría—, que todo la obligaba, en fin, a entrar, hasta nueva orden, en un establecimiento religioso donde viviría al abrigo de mis persecuciones. La misma priora aprobó el plan e indicó la casa donde podría refugiarse. Pero éstos no eran los planes de Maugis, que adoraba a Adela desde hacía mucho tiempo y que no tomaba una parte activa en esta intriga más que para hacer una nueva víctima. A alguna distancia del castillo, el carruaje cambió de dirección y condujo a Adela al castillo por caminos extraviados; la noche estaba muy adelantada y nadie lo advirtió. Allí está cautiva Adela, bajo una triple llave de la que ese doméstico es el único depositario, porque Montbreuse, fiel a su hipocresía, afectaba aún no comunicarse con Adela más que por medio de mensajes apasionados, y que era hoy cuando, por primera vez, debía presentarse a sus ojos. A la noticia de esta visita, Adela exclamó: «¡Que ese monstruo no venga aquí, porque me encontrará muerta!» Ya ves, Eduardo, si soy dichoso y si Adela es digna de mí. Ella no había consentido en recluirse más que por deferencia a su madrina, cuya ternura y buenas intenciones no podía desconocer, y por su cariño abnegado hacia mí, que la he calumniado. ¡Olvida, olvida mis indignas sospechas!

No te extrañe que emplee todo este tiempo escribiéndote antes de que me sea devuelta. ¿Qué haría para distraer mi impaciencia mientras espero la dicha? Es preciso, antes de que me sea devuelta, que yo me ocupe de ella, y es a su abuelo—he debido respetar esas conmovedoras conveniencias—a quien corresponde sacarla de su prisión. ¡Juzga la lentitud con que transcurren los instantes esta tarde!

Pero no cerraré mi carta—un carruaje entra en la avenida. ¡Inexpresable felicidad!—¡Adela, mi padre, amigo mío, venid todos! ¡Ven, Eduardo, ven a mi lado!

LATOUR A EDUARDO DE MILLANGES

El mismo día.

Sí, señor, venga, no pierda un minuto, mi pobre amo tiene necesidad de usted. El le ha escrito su felicidad, pero no sabía... Yo he acompañado al señor Seligny al castillo. Hemos subido al piso en que se encontraba encerrada la señorita Evrard, que es el más alto de la casa. Apenas ha oído la llave girar en la cerradura, ha lanzado un grito de horror. «¡Adela, Adela!», ha dicho el señor de Seligny fuera de sí. Hemos entrado. La habitación estaba vacía. De pronto se me ocurre una idea. La ventana está abierta y me abalanzo a ella. ¡Qué cuadro, señor Eduardo! La infortunada había creído oír a Maugis. ¡Y ella había dicho que moriría si se presentaba a ella!

No hay esperanza ninguna; está muerta. ¡Pobre padre! ¡Y él sobre todo! ¡Conciba usted su desesperación!

¡Venga, venga, señor Eduardo! sólo usted quizás... Pero, ¿qué ruido es ése?... ¿será que...? ¡Ah! Dios todopoderoso, ¿qué os hemos hecho para atraer hasta ese punto vuestra cólera? ¡Ay, señor Eduardo, no venga usted!

FIN